目录

001/流浪之夜
006/祠堂小学
009/小资产阶级
012/学赌
015/关于狗的回忆
017/恐怖的夜晚
020/宝像引起的话题
023/我与小学语文
025/关于桥
030/关于流水
035/难得有闲
037/玩半导体收音机
039/非法买卖
041/玩摄影
043/玩音乐
046/开始玩电脑
048/没有文学的少年
050/失去的老房子
055/唱情歌的季节

060/把钟拨快些
065/等剃头
068/自行车的前思后想
072/电视的话题
077/二十年前的求偶
080/学抽烟
082/香烟往事
084/香烟往事续
086/香烟往事再续
088/喝醉酒
090/想读书
092/想上大学的日子
097/学日语
099/学英语
102/文学少年
110/文学青年
117/我的作文经历
120/家学渊源
122/藏书状元门下
127/借书满架
129/文学没有世家
131/最初的小说
133/发表第一篇小说
135/两件最得意的事
137/被包养的作家
139/命题作文
141/砚田的收入
143/不喜欢屈原的理由

145/皇帝跑哪去了
147/三次中学讲课记忆
149/也说经典
151/不得不再说的经典
153/前辈作家的教诲
155/从《背影》说开去
157/又想到了考大学
159/考上了大学
161/如果考不上大学
163/什么样的大学生最有出息
165/对母校的记忆
168/大学时代体育热
171/作文的糗事之一
173/写小说当毕业论文
175/大学不喜欢告密者
177/当不了和尚
180/骑车旅行
183/饿得够呛
185/大学毕业前的谈话
187/大学毕业，分配工作
189/跟人事局长见面
191/当上了大学老师
193/中学加衙门
195/我的两个学生
197/古典文学的浑水
199/程门未曾立雪
201/理想中的中文系
203/命中注定的前程

205/写作是一种修炼
207/阅读是一种生活方式
210/想当官
212/想发财
214/想清高
216/想生气
218/糟践自己
221/欲望的尽头
223/满足温饱
226/散步
228/道法自然
231/后记

流浪之夜

一九六六年那一年，我正好九岁。轰轰烈烈的“文化大革命”铺天盖地，到处都是乱七八糟的。街上常有各式各样的人被拉出来游街示众，胸口挂着大牌子，头上顶着纸糊的高帽，演戏一样从街上走过。我们一群孩子跟在后面追，跟着喊口号，跟着胆子大的孩子往被游街示众的人身上扔石子。

九岁之前，我只是个无忧无虑的小男孩。我是独子，父亲是剧团的编剧，母亲是名演员，家里有保姆，日子舒服得让人羡慕。我在一个受人宠爱的环境里被娇生惯养，当我出现在剧团里的时候，年轻漂亮的女演员争先恐后抢着抱我玩，口袋里动不动就被塞满糖果，要不然就是被塞进一个非常有趣的小玩具。

到了九岁这一年，一切都发生了变化。记得那一年我们在学校里常唱的几句顺口溜：

吴晗邓拓廖沫沙，

屁股上面一个疤。

先是砸三家村，然后抄资本家的家，斗“走资派”，批判“反动学术权威”。我当时只知道热闹，只知道好玩。红色风暴像一场大游戏。终于抄家也抄到了我们家，一大帮人，打着“造反派”的旗子，浩浩荡荡进了院子，都神气十足戴着红袖套。有年纪小的，带头的便是我母亲的得意弟子。有年纪大的，是剧团里成天喝得醉醺醺的司鼓手。都绷着脸，满腔义愤长驱直入，庄严地宣布了几句什么，翻箱倒柜大打出手。

我和保姆被关在了厨房里，“造反派”进进出出如临大敌。忽然有一个“造反派”跑过来，对在厨房里看我们的“造反派”很神秘地透露消息，说已经抄到了金子。那时候只有在资本家的家中才能抄到金条，我们家当时唯一的金器，是我奶奶送给我母亲的一根金项链。房间里乒乒乓乓响个不停，“造反派”嚷着要撬地板找金条。

我母亲的得意弟子突然出现在厨房，先是铁青着脸和保姆谈话，勒令保姆向我母亲索取三个月的薪水，立刻卷铺盖滚蛋。然后与我聊天，她变得和颜悦色，教导我应该如何和父母划清界限。说着说着，很不当一回事地，摸起我的口袋来，很显然，她怀疑我母亲会把什么东西藏在我身上。

我身上除了毛主席像章，什么也没有。那时候毛主席像章很珍贵，走在路上，青天白日的，常有人抢了就跑。因为害怕被抢走，所有的像章都让我别在了衣服的背面，衣服一撩开，金光闪闪一大排。

“哎哟，你真是毛主席的好孩子！”我母亲的得意弟子为我所感动，大大地表扬了我一番，“我知道你是真热爱毛主席。”

一直抄到天快黑了，大失所望的造反派才打道回府。除了厨房，所有的房间都被封上了封条，我的父母就在这一天被送进了牛棚。保姆也拎着个包裹走了，只留下我孤零零的一个人。我整个地被遗忘了，我的父母把我忘了，“造反派”也把我忘了。天很快黑了下来，我肚子饿得咕咕直叫。一个人待在宽宽大大的厨房里，真有些害怕，于是便想到跑到大街上去。

大街上热闹非凡，那是一个让许多人都亢奋的年代，没日没夜，没是没非。炎热的夏夜，街上到处都是纳凉的人群，动不动就有敲锣打鼓的游街队伍开过来。是路口就有人在那情绪激昂地演说，在那上演新编的街头剧，那是风行一时的毛泽东思想宣传队。在这样的年头里竟然还有耍猴的，还有卖狗皮膏药的，还有成群成群讨饭的。一个拐角处，一个男人站在阴影处，对着远处的人群尿尿，一边尿，一边乱动。我觉得好奇，便盯着那男人看，那男人动着动着不动了，脸色恐怖地张大了嘴，眼睛依然对着远处的人群。他突然注意到我在偷看，恶声恶气骂了我一声。

我完全忘记了饥饿，也不知疲倦，就这么在街上毫无目的地漫游，哪里声音大就往哪钻。夜越来越深，人开始逐渐减少，很多人就堂而皇之在街上睡了。不想睡觉的，都自发地集中在不多的几个点上。我从来没有那么晚还不睡觉的历史，随着有趣的事一个接一个消失，我觉得困了，眼皮不由自主打起架来。我想回家睡觉，可是天太黑，不敢一个人回去，而且知道即使回去了，仍然也是一个人，独自一个人怎么能睡觉呢。我发现不远处的台阶上，有几个比我大出有限的孩子正在那说话，便毫不犹豫地走了过去。

“小孩，你是红帮还是黑帮？”一个十四五岁显然是头儿的男孩子，见我走到他们面前，很严肃地用安徽腔问道。

我当然说自己不是黑帮。

“那好，欢迎你参加我们的红色司令部。”说话的男孩子站了起来，很神气地跟我握了握手。我立刻发现他是个瘸子，手劲很大，捏得我直甩手。

“他是老红军的儿子，他和毛主席握过手，你再和他握手，你就等于和毛主席握过手了。”和他一起的小孩子一本正经地对我说。

“你怎么跑出来了？”那个是头儿的小男孩又问我。

我如实禀告。

“这么说，你们家就是黑帮了，那好，你领我们去，黑帮的东西，必须共产。”那个是头儿的小男孩让我领他们去我家。

我告诉他们我家已经被封条封住，他们便提出可以从窗户里爬进去。“你们家肯定有钱，你总知道钱锁在哪个抽屉里吧？”我遇到的其实是一群安徽流窜过来的小流浪汉，“喂，你身上有没有钱？”

我挨个地把口袋翻给他们看，除了毛主席像章，我身上一无所有，这让他们非常失望。

“你们要去哪儿呢？”我充满好奇心地问他们。

他们异口同声地说，他们将步行去北京，接受毛主席他老人家的检阅。

“能不能带我去呢？”我当时真是羡慕极了，恳求他们也给我一个机会。

“不行，不行！”顿时又是异口同声的反对。

临了，那个是头儿的小男孩让我站好了，对我上上下下一番打量，懒洋洋地说：“好吧，欢迎你参加我们的革命队伍，不过，你必须听我的话，革命不是请客吃饭，要服从命令听指挥。你这样的，肯定能走到北京。”

于是我被接纳到了流浪汉的队伍里，不一会，我们出发了。沿着大街往前走，一直走到这条街的尽头，走到一个凸起的大平台前面。那个是头儿的小男孩发出命令，让我们排成一排在平台上躺下睡觉。这正合我的心意，我实在有些累了，迷迷糊糊刚倒下就要睡着，是头儿的小男孩又命令我把鞋子脱下来，枕在脑袋底下，说是这样，既可以当枕头，又可以防止鞋子被小偷偷走。

我困意朦胧地当真把塑料凉鞋脱了下来，搁在脑袋下面，美美地进入了梦乡。在蜜一样的梦中，我梦见自己和成年的红卫兵一样，跋山涉水，终于到了世界革命的中心，见到了人们心中最红最红的红太阳毛泽东。人山人海，一片欢呼声，我的鞋子被挤掉了，大家都赤着脚向前涌去，一直冲到了最前面，街面上到处躺着被挤掉下来的各式各样的鞋子。

醒过来的时候天已经大亮。一时间我不明白自己怎么会躺在大街上。我早已从平台的这一头，滚到了另一头。我的鞋没有了，我的那些新结识的流浪汉小战友也无踪无影了。

这是我一生中的第一次赤裸裸活生生被欺骗。小流浪汉趁我熟睡之际，毫不含糊地洗劫了我的鞋子。街上的人开始多起来。我抹着伤心的泪，光着小脚丫，踏上了回家的路程，饥饿像小虫子一样咬着我的胃。一个九岁的小男孩，在流浪之夜大开了眼界，遇到了许许多多做梦也想不到的事。有许多事当时就明白了，有许多事要多少年以后才能明白，还有许多事却永远也不会明白。

1992 年 6 月 20 日

祠堂小学

我在农村念过三年小学，其中有大半年是在村祠堂小学度过的。祠堂小学，顾名思义，是由一极小的祠堂改建的。就一间教室，一个老师，门口挖了个坑，埋上一口大缸，中间隔一块木板算是男女厕所。大约三十名学生，从一年级到三年级，都挤在一个教室里上课。

老师大约三十多岁，胸前挂着哨子，上课下课，很潇洒地吹几声哨子。他长得很白净，见了大姑娘小媳妇，眼睛顿时发亮，常常忍不住说几句荤话，开一些无伤大雅的玩笑。小学门前是生产队的打谷场，来来往往人很多。有一次正上着课，老师的媳妇找来了，把他拉到打谷场上训话，一训就是半天。

早过了下课时间，学生们在教室里自然不肯老实，除了不大声喧哗，什么调皮捣蛋的事都敢干。黑板上被涂抹得一塌糊涂，画了只大乌龟，几句标语似的下流话后面跟着好大的感叹号。唯一的一把扫帚和一个铁皮小桶放在了虚掩的门上。老师的媳妇火冒三丈，训起话来没完没了，老师一头一脸低头认罪的模样，正在教室里的学生早被他忘到九霄云外了。做好的圈套迟迟派不上用场，等得不耐烦的学生黔驴技穷，终于大叫："老师，我们肚子饿了。"

老师好像突然想到什么似的奔过来，一边吹哨子，一边往教室里冲。铁皮小桶咚的一声砸在地上，那把扫帚非常准确地落在他头上。所有的学生快活地大笑，老师年轻漂亮的媳妇也笑，老师一边生气，一边也笑。

我那时仍然算是三年级的学生，当时正是"文革"最激烈的年头，我的父母在同一天里双双进了牛棚，我转眼间成了无人管教的野孩子，便避难到了农村的外祖母家。既然是避难，也顾不上许多。三年级是祠堂小学的最高学历，于是我不得不做留级生，屈尊再读三年级。

上课要教的内容我似乎都懂，老师同时给不同年级的学生上课，一年级做算术，二年级写毛笔字，三年级大声地朗读课文。教室里永远乱糟糟，永远生气勃勃。老师仿佛是乐队的指挥，眼观六路耳听八方，有条不紊安排着一切。祠堂小学没什么太较真的事，出点小差错也无妨。

老师严格起来，学生随便笑一笑他都会发火，马虎的话，学生上课时跑出去撒尿拉屎也没关系。常常有学生很潇洒地从本子上撕下一张纸来，急匆匆跑出去，屁股撅多高的，光天化日之下，大模大样地在离教室不远的茅坑里方便。教室里的学生叫道："喂，你屁股都让人看到了！"那边不服气地说："看到就看到，你又不是没有。"

有时老师上着课，忽然心血来潮，便把我叫到侧面的厢房里。那是老师简陋的办公室，放着一张课桌，一把椅子，还有一张小床，桌上堆着作业本，一盏油灯。老师将作业本往边上挪挪，摊开了象棋，拿掉自己的一个车，然后和我厮杀，不杀得只剩下一个光杆司令绝不罢休。有时棋下多了，影响他批改作业，他一本正经地改出几个样本，指使我依葫芦画瓢，照着他的样子改。像抢什么似的，不一会儿工夫就把作业改完，火烧火燎地发还给学生，然后接着下棋。

我的棋艺很快有了长进，先是承让一个车，再下来是让马，到了后来，不用让一子，我和老师下棋也竟然互有胜负。老师是小孩脾气，不能输也不能赢，赢了喜欢乘胜追击，轻轻哼着“宜将剩勇追穷寇”，眉飞色舞；输了当然不肯服气，一遍遍重来，脸色沉重地将棋子重新放好，走到教室里，吹吹哨子，“下课了，下课了！”再回来，看着棋盘，“好，再来一盘，决一雌雄。”于是昏天黑地乱杀一气，一直杀到我外祖母找来。

老师终于吃了批评，谁批评了他，我始终不曾知道。有一天，老师把我叫到办公室，脸色深沉地说：“我们再下最后一次，以后不下了，省得人家乱说话。”这一盘棋下了很长时间，临了到底是谁赢了，已经记不清。我记得最清楚的是，这以后，我再也没和老师下过棋。

事实上，我从此也就失去了下象棋的兴趣。

小资产阶级

有些事总是让人耿耿于怀，怎么也忘不了。那时候是“文革”最激烈的年头，我去农村完全是为了避难。在祠堂小学念了大半年书以后，我算是升级了，又去一个小镇上读小学。小镇上的小学自然像模像样，很有些正规。

这里远离城市，凡事都要稍稍慢几拍，记得有一天突然开全校大会，说是要成立红小兵。校领导充满感情地高声说：“我们都是毛主席的红小兵。”下面顿时一片掌声，情绪激昂。会议一散，都回到课桌前，摩拳擦掌，又是写申请书，又是写决心书，整个学校都沸腾起来了。

很快发了表格下来，让大家填，碰到了家庭成分这一栏。这里的农村和我们通常在书上或电影上见到的不一样，全是贫农，没有地主。有钱的地主都在城里，不是经商，便是经营实业，即所谓民族资本家。大家争先恐后地填表，全班只有我一个人为家庭成分烦神。当时小学四年级，说懂，好像什么都懂，说不懂，糊里糊涂一样也不明白。我的父母在南京被批斗得死去活来，各式各样罪名一大堆。到底填什么成分让我煞费苦心，同学们都抢着去交已填好的表格，我犹豫再三，终于在感觉上最轻的罪名里随手拈了一个。填的是“小资产阶级”，记忆中，在南京时，听红卫兵小将演讲，曾听到过工人是无产阶级，农民是小资产阶级的说法。我如此填写，实在也有些小滑头的意思。

没想到却是捅了马蜂窝，在清一色的“贫农”中间，我是小资产阶级，这还了得。老师拿了我的表格，脸上立刻有些紧张，匆匆去找校领导，校领导回答得很干脆：“小资产阶级，当然不能是毛主席的红小兵。”第二天，发红小兵袖章，除了我，全班一片红，一人一个红箍套在胳膊上，得意扬扬神气活现。班上的一些女孩子老是偷看我，我心里好难过，几次想哭，都忍住了。

我从此有了个“小资产阶级”的绰号，大家都开始刮目相看，动不动就用这绰号折磨我。有一天，老师很认真地和我谈话，让我以后天天早点去，把教室的地打扫一下。我一向是听老师话的好孩子，因此也不敢反驳，低着头不吭声。老师说：“你好好改造，说不定以后哪一天，也可以参加红小兵。”

我又开始逃学，在南京时我也逃过学，那是在看见父母被押着游街后。我觉得非常的自卑，所有人的目光都在说我是谁谁谁的儿子。当人们信口议论被游街人的种种狼狈相，我心里便像刀割似的。当时因为逃学，在牛棚的父母甚至由“造反派”陪同着报过警。我被送到农村的直接原因，就是因为我是独子，没人管教，流落街头很可能会变成一个坏孩子。

想不到在农村不过一年多一些，我又开始逃学了。我不想让外祖母知道，天天仍然上学时出门，放学时归来。大约过了一星期，我回到家去，发现老师正和外祖母坐在一起说话。外祖母见了我，劈头就是一通骂。老师说：“算了，骂他也没用。喂，你还是去上学吧。”我不说话，也无话可说。老师非常和蔼地看着我，似笑非笑的样子。外祖母怒气冲冲的，在一边时不时地嘀咕几句。老师又说：“老太太，不说他了，你外孙也不是那种不想读书的人。”

那天老师在外婆家消磨了不少时间，说了许多话，临走，笑着说："不管怎么说，课总归要去上的。其实你也真是小孩子脾气，扫地就扫地，有什么了不起。"老师走了，外祖母没有再骂我，只是说："不管它，学照上，地就是不扫，凭什么叫你扫地！"

第二天，我垂头丧气地去了学校，心里打定主意，坚决不扫地，想不到老师见了我，只是笑了笑，从此再也没有提起扫地的事。

学　赌

我在农村待过两年多，那是“文革”最激烈的年头，我只有十岁，父母都进了牛棚，我也没别的地方可去。在农村过春节，远比城里好玩。那时的江南农村非常穷，都说江南是鱼米之乡，但是“文革”那些年，最多只是比三年困难时期的年头好一些。

穷也有穷的乐趣，譬如穷赌。人之初，性本善。人大约原来并不坏的，天性里虽然有些顽劣，后来变得又刁又恶、变得不可收拾，恐怕还是环境造成的。帝王将相，宁有种乎，流氓恶棍赌徒，想来也不会天生。

那是我最早见到的赌。在“文革”最激烈的年头，这本身就是一件很荒唐的事。“文革”的特点，向来就是到处都能见的革命姿态。人的思想觉悟普遍大有提高。那时候时髦的话是如何活学活用毛泽东思想，人出门，别的东西敢忘，一本《毛主席语录》不会忘了塞在兜里。

乡下的日子虽然苦，一到过年，总算能有肉吃。除了吃肉，口袋里装满瓜子花生，哪儿热闹可以往哪儿钻。乡下人不像城里人，大门永远是敞开的，有点事立刻到处传。突然有人说，后村谁家开赌了，消息不胫而走，于是大呼小叫都去凑热闹。是推牌九，在一张大的八仙桌上，围上好几层的人。我们是小孩，要想挤进去，得用智慧。庄家就是八仙桌的主人，平常时，居然也是学习毛泽东思想的积极分子，过年却把什么都忘了。输赢不大，当然也不算小，大多都是毛票，以今天的眼光看，实在是小孩子玩玩的把戏。

在庄家边上的一位瘦瘦老头子，捧着一个簸箕，负责出纳。牌一翻开，顿时见分晓。是赔，就赶快发钱，是赚，把桌上的钱忽地一下，统统扫进簸箕。来去极快，还没笑完，哭已经来不及。

我在农村待了不过一年，便完全是一个地道的乡下小孩了。拼命地往里挤，好不容易挤进去了，弄不好又会当场给轰出来。因此，要站，一定识相地站赢家的身边。赢家的心情好得会像菩萨，钱多了往地下掉，我们赶紧屁颠颠去捡。效劳的次数多了，赢家就会赏一张或两张毛票当小费。小费一到手，转眼变成我们的赌资，无师自通老气横秋地押上去。刚开始总能赢，一毛两毛翻一倍翻两倍，变本加厉。心里洋溢着甜滋滋的发财喜悦，眼睛一眨，发现自己可怜得连本都赔了。于是仍然耐心等待，看有没有赢家再把钱往地下掉，心里盘算怎么样才能东山再起。

结局当然一样。都觉得自己不应该输，结果都没赢。小孩如此，大人更如此。赢钱的肯定是庄家，小小捞了一把。那时候都说要过一个革命化的春节，然而农村的春节，缺了赌，便仿佛少了许多乐趣。事实上，虽然谁都想赢，可输的人还是高高兴兴，因为毕竟是过年。过年不破费，似乎不叫过年。

那年头大人没多少钱赌，小孩更没钱。赌只是人们过年时，随口哼哼的小曲。我们受大人影响，用瓦片磨成骰子，也一本正经地摆开阵来。我们赌的是草，用来喂羊喂兔子的草。那时候在农村，凡是有小孩的人家，不是养一只羊，便是养对兔子。天寒地冻，野外割草是一件很不容易的事。我们成群结队地到处乱转，很艰难地总算每人有了半箩筐草，便围成一团大赌特赌。筹码自然就是草，抓把草放在面前，算是赌注。庄轮流坐，一样玩得很热闹。

还是输的时候多，玩着玩着，就把时间忘了。天说黑就黑下来，家里的羊还等着吃草。割的那点草已输光了，于是胡乱在麦地里割点麦子，菜地里挖几棵菜，向赢家赊一把草撒在箩筐的表面，偷偷地溜回家去。

我因为偷割麦子和菜，常常受到外祖母的训斥，外祖母常说，若是被抓到了，让人剥去衣服，活该，她绝对不会去赎我。当时已经有过偷割麦子而被人剥去衣服的事例。兔子不吃窝边草，我们割的都是邻近生产队的麦子，偷的菜，也不是熟悉人家的自留地，因此真叫人抓住了，除了挨揍，身上稍稍有点像样的衣服，确有被剥去的危险。

关于狗的回忆

我们那时候在农村，最羡慕的就是知青。知青不过是公子落难小姐遭殃，不管怎么说，在乡下人眼里依然还是公子，是小姐。

知青比乡下人穿得好，知道的事多，而且打骨子眼里看不起乡下人。快过年了，知青十分兴奋，因为回城的日子就要来临。

知青在农村也是偷鸡摸狗的好手，和土生土长的农村青年比起来，知青不仅会运用大脑，而且更接近流氓无产阶级。当地的农民都不太敢惹知青。那时候乡下的羊便宜，几块钱就可以买一只不小的羊。冬至刚过，知青领头，和村上的小伙子一起，动不动就去买只羊回来开荤。羊买回来了，杀了剥皮，然后扔在开水锅里煮，一煮就是一大锅，抓把盐扔下去，吃的时候再加上新切的蒜叶，香味可以传出去很远。

有一年过年，几位知青没回城，相约在农村过一个革命化的春节。由于羊已经吃腻了，突然想到了要吃狗肉。那年头，农村的狗也是稀罕之物，人的粮食都不够吃，谁还高兴养狗。想吃狗，首先得出去找。邻村的狗本来是很容易骗来的，如果是在平时，几块面饼，就可以成功。可是一到过年期间，狗有东西吃了，你把饼扔过去，它照样吃，可就是死活不跟你走。

于是只好回来吃窝边草，生产队里养了一条狗，也不知当年从哪捡来的，饿得到处都是骨头。和今天身价不菲的时髦名犬相比，同样是畜生，那狗可真是太贱了。如今我的一位朋友养了一条小狮子狗，每天带去上班，上班的第一件事，就是让伙计到对面馆子里买一客蟹黄包，蟹黄包买回来，主人吃皮，馅喂给那狮子狗吃。而我刚刚提到的生产队养的那条狗，只要是能吃的，什么都吃。我敢说它可能自出生以后，从来没吃饱过。它永远是在为吃奔波，成天东家西家地乱窜，人家吃饭了，它就可怜巴巴在一旁看，偶尔能吃一块肉骨头，那真是过年了。

谁家的孩子拉屎，它只要是遇上了，一定虎视眈眈地守在旁边。狗行千里吃屎，眼见为实，这条狗可真是把屎当作了好东西。

如今回想起来，把这么一条瘦骨嶙峋的狗吃掉，真有点让人感到恶心。这条狗谈不上有什么功德，那年头农村的日子太穷，没听说过有什么外来的贼。生产队养了一条狗，养了也就养了，用不到它替谁看家。见了谁，都讨好地摇头摆尾，见了陌生人，它也会张牙舞爪地叫，虽然瘦，可是在我们的带领下，一样把邻村那条比它大出许多的狗撕咬得落花流水。

把这条狗偷偷地吃了实在太容易，大过年的，到处喜气洋洋，没人注意到狗的失踪。狗肉可以成为佳肴，但是也不知是佐料不对，还是狗太瘦了，满满地煮了一大锅，吃了极少的一点点，便在后门口挖了一个坑掩埋了。

知青已是历史概念，时过境迁，老是情不自禁地想起当年让我羡慕不已的知青，想起生产队那条被知青杀掉的瘦骨嶙峋的狗。人过年，狗又没惹人，却偏偏轮到它倒霉。

恐怖的夜晚

话题仍然是在乡下过年。

乡下人过年，在新年期间要走亲戚。记得那是我在乡下过的第二个年，上海的姨妈带着三个小孩来，正赶上下大雪。我在农村还有一个姨妈，离外祖母家有十几里路。上海姨妈和外祖母一家都去了我那个在农村的姨妈家。

去的时候是倾巢出动，因为外祖母家没有留人看家，于是临时决定，由我赶回去看家。下雪天，农村的泥泞路特别难走。我在四里路外的镇上小学上学，已经走惯了这种泥泞路，因此丝毫也不在乎，我担心的是自己晚上一个人睡觉有些害怕。

我从小就是个胆小的孩子，即使是到现在，我的胆子依然还不够大。在农村的两年多，我一直是和外婆睡一个房间，就在我的枕头边，竖着一具为外婆准备的棺材。深更半夜，我醒过来时，常常不敢睁开眼睛。我始终觉得棺材是一个让人害怕的玩意。它给人造成的恐惧，并不亚于躺在那里的一具尸体。

外祖母知道我害怕，平时我若是不听话，她便用让我一个人睡在小房间里来吓唬我。这次让我一个人回去看家，她知道有些为难我，就让我到村上随便找个什么人陪一陪。

雪很大了，我那时候才十一岁，可是我觉得自己已经是个大孩子。十几里路很快就走完，我回到村上，没去自己家，先到对门的李家，找一个叫阿兴的小伙子，让他晚上陪我睡觉。阿兴好像有什么心思，犹豫了一下，说："你先回去吧，我待会儿来。"

这天晚上，阿兴很晚才来。在他没来以前，我一直在担心，他如果不来，又会怎么样。天早就黑了，点了油灯以后，风从门缝里吹进来，灯苗跳过来跳过去。我知道如果阿兴不来，自己也许一夜都不会合眼。明知道不可能有鬼的，可是平时听到的鬼故事，到了这一刻全部复活。我一个人坐在门口哆嗦，一直等到阿兴来敲门。

阿兴已到了该结婚的年龄，他是那种有文化的农村人。人长得很漂亮，他家弟兄三个，个个都称得上美男子。因为是外来户，他家住的房也是租人家的，弟兄三个都到了娶媳妇的岁数，却因为没房子不能结婚。我觉得像阿兴这样的人，应该娶村上最漂亮的一个姑娘，那姑娘是大队书记的女儿，是宣传队的积极分子。一段时间内，他们的关系似乎非常好，他们常在一起排演自编自导的节目。村上已经有了关于他们的议论，风言风语，说得有鼻子有眼。

大队书记的女儿很快嫁到了别的村上，阿兴后来跟一位很难看，但是心地很好的本村姑娘结了婚。如今的江南农村富得流油，阿兴弟兄三人每人盖了栋楼房，富丽堂皇，省委书记也不过只能住这样的房子。

我真的是没法想象，若阿兴那天晚上不来，我会吓成什么样子。那天晚上是我一生中经过的最恐怖的夜晚之一。我生来胆子小，却又生来怕求人。我知道我不会再去叫阿兴。如果他真的不来，那只能算我倒霉。我之所以去叫阿兴陪我，是觉得他是我的一个大朋友，他喜欢我，我也喜欢他。我喜欢他，是因为他从来不歧视我的身份，他没有因为我的父母落难就把我看成狗崽子。他喜欢我，是因为他觉得我是一个城里来的孩子，对于一个农村青年来说，一个城里来的孩子，能触动他很多美丽的幻想。城里毕竟是每一个乡下人心目中的天堂。

阿兴那天很晚才来，他愁眉苦脸，做出若无其事的样子，和我睡在一条被筒里，说了大半夜话。他让我描述城里的街道，抽水马桶和长着辫子的电车。那天的雪大极了，天窗上白白的一大块，好像是月光似的，把小屋照得仿佛白天一样亮。阿兴不断地让我说，甚至我都睡着了，还把我弄醒了，让我继续往下说。

大队书记的女儿就是在那年新年里结婚的，现在回想起来，那个大雪之夜，一个十一岁的孩子，一个失恋的农村青年，睡在一个被窝筒里，那情景真是太让人难忘。

宝像引起的话题

《莫愁》杂志上刊登了一篇关于我父亲的专访，专访中有一张摄于“文革”中期的照片，许多见到这照片的人，都注意到了照片上的我父亲母亲以及我的堂哥永和，胸前都佩戴着很显眼的毛主席宝像。这是最鲜明的时代特征，几乎不用任何说明，就可以知道是属于哪个年代。

照片上的我祖父没有佩戴毛主席宝像，我当时还是个孩子，弄不明白他为什么没有佩戴。那个时代并没有谁强迫必须佩戴宝像，大家都戴，谁要是真不戴，那实在是有些反潮流了。

照片上的我也没有佩戴毛主席宝像，有一段时间，我看着这张旧照片很得意，觉得自己当年也有些反潮流精神。但是有一天，我忽然想明白了，那天照相时，我听从摄影师的建议，把罩棉袄的衣服给脱了，很显然，我的宝像可能是留在外衣上了。我因此感到非常沮丧，原来自己小小少年，却也不能免俗。

拍摄这张照片的时候，是祖父经过几年的动乱，第一次来南方。祖父因为级别高，在轰轰烈烈的“文革”中，总算没受到什么太大的冲击。也有人贴过大字报，称祖父为修正主义教育路线的祖师爷，然而他属于重点保护对象，没有人直接找过他的麻烦。熟悉的人被批斗、被游街、被抄家、甚至被殴打至死，或者忍受不了屈辱自杀身亡，凡此种种，祖父听多了，不得不为我父亲的安危感到担心。

有那么几年，祖父根本得不到父亲的消息。祖父一生中经过无数战乱，见过许多生离死别，但这么长的时间内，没有自己心爱的小儿子的消息，还是第一次。父亲是老牌的右派，“文革”中，没罪名的人都可能被找出罪名来掉层皮，何况父亲这样的戴罪之人。祖父曾经感慨地对北京的堂哥说出他的担忧，在没任何信息的日子里，他担忧我的父亲可能已经不在人世。

过分的担忧引发了祖父的心脏病，医院发出了病危通知。那时候我父母都被关在牛棚里，也是沾了祖父级别高的光，我的父母被特赦出来，给了几天假去北京看望祖父。病危中的祖父逢凶化吉，见了日夜思念的小儿子，病情立刻好了不少。他没有问父亲为什么这么长时间不给他写信，也不问父亲究竟吃没吃过苦头，只是盯着我母亲胸前佩戴的毛主席像章一遍一遍地看，最后忍不住偷偷地问我母亲，为什么我父亲的胸前没有佩戴毛主席的像章。

我母亲已记不清她是怎么回答老人家的问话的。当时大家的心情都不好，乱糟糟的一团，自己身上的问题一大堆，同时还为祖父的健康操心。反正祖父不曾得到父亲为什么没有佩戴毛主席像章的准确答复。多年以后，我们在一起议论祖父当年怎么会留神毛主席的像章，会问这么一个今天看来十分幼稚的问题，一致认为他心里当时一定存在这么个疙瘩，那就是像父亲这样的身上背负着重大罪名的人，是不允许佩戴毛主席他老人家的宝像的。

父亲和母亲在北京待了没几日，急匆匆回南京继续接受批判。祖父又开始继续为心爱的小儿子的命运担忧。见面时，相顾无言无话可说，分别后，想说也没办法再说了。

“文革”中最急风暴雨的年头一过去，祖父不顾身体究竟能不能长途旅行，由我的堂哥陪着，南下看望我们一家。于是就有了那张我们一家三口和祖父的合影。

回首往事，难免一番感叹。事实上，“文革”中，就父亲而言，虽然吃了不少苦头，虽然他当时还关在牛棚里，但是也没有谁不让他佩戴毛主席的宝像过。去北京的医院探望祖父时，完全是由于急急忙忙忘了佩戴。父亲做梦也不会想到这种小小的差错，给一个卧床的老人带来的内心恐惧。

烽火连三月，家书抵万金，至于一直不往北京写信，父亲也有不可推卸的责任。当时虽然没有充分的通信自由，虽然每封信写好了，必须先交给“造反派”过目检查，然而父亲实在没有必要就此断绝了和祖父的通信。回头想想，让祖父操了那么多的心，父亲当年也太书呆子气了。

“文革”最大的悲剧就在于把人不当人。往事不堪回首，想到祖父寄来的信，先由“造反派”蛮不讲理地拆了检查过，然后再扔到父亲手里，心里便有一种说不出的滋味。扭曲的时代里，偷看别人的家信，也可以上升为一种权力。我忘不了有一次，那时候父亲刚从牛棚里放出来，已经恢复了和祖父的通信，“造反派”也停止了对来往信件的检查，父亲单位里的一位姓季的革委会主任来我们家串门，说着话，竟然拿起我祖父从北京寄给父亲的一封信，堂而皇之神气活现地读起来，根本不把在旁边的我们一家人放在眼里。

人不应该把别人不当人，把别人不当人，同样意味着把自己也不当人。历史的悲剧也许不会再重复，从过去的历史中吸取教训，人起码应该明白别再把自己不当人。

1992年6月23日

我与小学语文

我和小学语文，真没什么好说，不过是识点字。读了五年，留过一级，也跳过一级，糊里糊涂地进了中学。“文化大革命”开始时，天天就跟过节一样，我当时二年级，成天看人戴高帽子游街，挨批挨斗，终于有一天，这种看上去很好玩的事情，也发生在自己父母身上。

父母被关进牛棚，我顿时成了孤儿，没人管。于是便去江南农村避难，小学五年，有一半时间在那度过。那时候的江南农村穷得厉害，先读复合班，一个班约三十名学生，从一年级到三年级，应有尽有。上课时，你上数学，我上语文，哇啦哇啦乱叫，大家比嗓子，这样的课堂最适合拍电影。四年级以后去镇上读书，比复合班正规许多，有一个篮球筐，篮球场比教室大不了许多。记忆中，那时候上不上课，无所谓，而语文课教过些什么，现在回想起来，一片混沌。只记得语文老师若有事要走，便用毛笔沾了水，匆匆在黑板上写几个大字，然后让学生一遍遍临写，写多少遍，看老师离开的时间。语文老师是复员军人，眼睛不大，喜欢老瞪着，个子不高，看人总昂着头。他热爱理发，是替别人忙，谁头发长了，下课休息，立刻揪到走廊上当众剃度。技术一塌糊涂，所有的学生发型都是怪怪的，像是集中营的难民。

有一次作文课，题目是将七律《送瘟神》二首，翻译成白话语体文。我那时大约太寂寞，借题发挥，发挥得特别好，自己觉得也成了伟人，浮想联翩，洋洋洒洒，一口气写了很多。写什么已记不清，就知道很长，口气大，理直气壮。老师非常满意，不仅满意，甚至有些激动，在课堂上大加称赞，说这种作文可以破格，应该打一百零五分。

据说这一百零五分也是毛主席他老人家的轶事之一，是他给了别人这分数，还是别人给他打了这么高的分，全忘了，只记得语文老师在讲台上眉飞色舞，两个拳头在空中乱比画，坐前排的女生不停地回头看我。放学路上，有个不很漂亮的女孩子，主动要和我一起走，回家的路很长，穿过弯弯曲曲的田埂，还要经过一片坟场，差不多走四十分钟。

在农村上小学的时候，我屡屡受人欺负。这次作文课也许是唯一一次有亮色的地方，我对写作文并没有什么兴趣，不喜欢语文课，又不敢不上课。语文老师对我也谈不上什么特殊的关照，他为人多少有些人来疯，风风火火，动不动就激动，想干什么就干什么。那一阵子他正忙着要结婚，新娘子是一个大队干部的女儿，长得很白，大眼睛，小嘴，不爱说话，手不停地撩着又粗又黑的辫子。曾站在教室外听过一节语文课，因为她，课堂纪律一塌糊涂，她像一幅画一样镶在窗框里，害得全班同学老是回头看。

2000 年 7 月 13 日　河西

关于桥

之 一

江南的桥数不胜数，小桥流水人家，人从桥上走，水自桥下流，一切都很平常。春城三百七十桥，夹岸朱楼隔柳条。童年记忆中，桥和平地差不多，桥连着路，路接着桥，人俯在桥栏上，孩子气地往河里吐口水。记忆中的桥面上都很干净，那水也不像今天这等肮脏，小孩子站在桥上，除了吐口水，想不出还能干别的什么事。

第一次对桥有深刻印象时，“文化大革命”刚开始，一个大些的小男孩，十分神秘地问我们，能不能找到一条路，不经过桥，就能抵达夫子庙。这问题引起了我们的好奇心，充满了挑战意味，我们因此逃学，走了差不多整整一天，遇到桥就绕路，没有路便回头，脚底下磨出了水泡，小腿肚开始抽筋。

通往夫子庙有很多条路，大路小路，柏油路，水泥路，还有那鹅卵石铺的路，所有的路都踩遍了，终于得到答案，不过桥，只能隔岸观望。

我们用同样的问题问别的孩子，问那些什么事都已明白的大人。得到的答案大同小异，所有刚听到这问题的成年人，都不相信不过桥，就到不了夫子庙。没有人相信我们能把所有的路都走完，一个上年纪的老人说我们是胡说八道，一起探路的小男孩则被母亲用鞋底狠狠地打屁股，理由是外面这么乱，冒冒失失乱闯，天知道会闯下什么祸。我们成了一群说谎的孩子，大家都觉得这些孩子太天真了，夫子庙又不是孤岛，它就在市中心，有那么多条路，又是大家经常要去的地方，有的人甚至天天走过。

经常去，天天走过，临了，对自己是不是过桥这么简单的小问题，却不得不产生疑义。可笑的是，大人常常不愿意在小孩子面前，承认自己的无知。大人总是对的，即使错了也是对。那时候不知道去找地图看，也许拿张地图出来，大家立刻无话可说。很长时间里，我们的小脑袋瓜里总被这问题纠缠，我是个信心不足的孩子，更多的时候宁愿相信自己错了。

虽然那条路根本不存在，然而我还是在怀疑，也许有条秘密的通道被我们漏了过去，这条路直通夫子庙，用不着经过任何一座桥。

之　二

“文化大革命”越来越激烈的时候，我去了农村外婆家，在那上小学。小学校建在河坡上，有座窄窄的木桥，小孩子眼里就算很高，很悬，人在上面走，能听见叽叽咔咔的摇晃声。

夏天到了，一下课，差不多所有的男孩，都脱了短裤，光着屁股争先恐后地往河里跳。我是个城市里的小孩，刚开始众目睽睽之下，真有些不好意思。当时的情况下，大家已经光屁股了，如果你穿条游泳裤，反而显得有些怪。不仅是农村的小男孩，就是大人，下河也光屁股。唯一的例外是我们的语文老师，他是个复员军人，当过兵的，讲究文明，记得当时有人讥笑他，说：“你又不是怪胎，怕谁看呀！”

乡下孩子游泳，清一色的狗爬式，就听见嘭通嘭通的水声，扑腾了半天，人却前进不了多少。我比所有的乡下小孩都游得快，三十多米的河面，我已经游到头了，那些乡下孩子，至多才游到一半。

桥上有几个女孩子在看我们戏水，因为有女孩子看着，我越游越快。乡下的小孩比不了速度，就和我比胆大，比谁敢从高高的桥上往下跳。那桥确实有些高，刚开始，谁也不敢跳，大家胆战心惊地翻过桥栏杆，做出要跳的模样，比画了半天，不敢撒手，一撒手，人就会掉下去。

女孩子们在一旁叽叽喳喳地看着，终于有个叫和尚的调皮蛋，一不小心，像下饺子似的，平躺着掉了下去，嘭的一声，溅起很高的水花。女孩子一片声地惊叫，站在桥栏外面的小男孩，不约而同赶紧翻过栏杆，回到安全的桥面上，扶着栏杆往桥下看。和尚已经冒出了水面，这一摔，胆子摔大了，湿漉漉地重新回到桥上，越过栏杆，二话不说又往下跳。

和尚是第一个敢从桥上往河里跳的小男孩，刚开始，就他一个人敢这么做。渐渐地，敢从桥上往下跳的孩子多起来。我几次下狠心，闭上眼睛想往下跳，就是不肯最后撒手。同伴们跑过来推我，扳我的手指，用最难听的话刺我，最后还是没有敢跳。

敢不敢从高高的桥上跳下去，说穿了，是心理障碍，很后悔自己当初的胆小。直到现在，胆怯仍然伴随着我，其实当时咬咬牙心，真跳下去，后来的情况会完全不一样。有些事，小时候不敢做，长大了，更不敢。如今，我可以在水里不间断地游上一个小时，但是让我从游泳池边上往下跳，仍然有一种由衷的害怕。

之 三

与外婆家隔河相望的村子，叫河东村。至今不知道这村叫什么名字，因为只有外婆村上的人才会这么叫。人家是河东，自己这边自然是河西了。河东河西共一个老祖宗，都姓姚，姚家祠堂在河西村，当时是“文化大革命”，也没什么祭老祖宗一说，祠堂改成了小学，印象中，两个村子的感情一直不太好。

一条小河将两个村子隔开了，一座桥又将两个村子连起来。这座桥大家都叫它“乌龟桥”，不知道为什么取这么一个名字，怀疑有讹错，也许是“五归桥”或“吾归桥”。

两个村上的孩子常常隔河对扔土块，一边扔，一边捡最下流的话骂。有时候已是成人的小伙子，也会加入这种无聊的干仗。河东村有个屠户，养了一条狗，那狗因为经常有肉骨头填肚子，毛色光亮，见生人就叫，就想咬。河西村的人往东去走亲戚，必定经过河东村，那狗也坏，成群结队的人走过，只是吠，遇上单身的胆小的，咬牙切齿地便要扑过来。

河西村的人恨透了这条狗，算计着想把它打死了吃肉。那狗有灵性，知道有人想吃它，任你怎么哄都不过桥。河东村的人往西走，也会遇上同样的麻烦，河西村上养了条狗，虽然瘦，见了河东村的人就凶神恶煞。河东村的一个小伙子，和河西村的一个姑娘偷偷好上了，两人在桥下的桑树林里上演了一场罗密欧和朱丽叶，姑娘肚子说大就大了，于是也顾不上同姓不能结婚的祖训，匆匆办了喜事。可惜好景不长，婚后并不幸福，尽管只隔一条河，姑娘再也不愿意回娘家，而且和丈夫也一点不恩爱。

连接两个村子的桥年久失修，常常会有人掉下去。好在河也不深，出了几回事，都是有惊无险，都没死人。一个小脚老太掉到了河里，一个挺着大肚子的孕妇也掉到了河里，恰巧都有人在一旁看到，刚栽下去，便被救了起来。我在农村待了两年多，耳边屡屡响起大人的关照：

“过桥小心，别掉到河里去!”

桥是东西交通的必由之路，至今我仍然不明白，为什么不齐心合力，把那桥修好。记忆中，有很多闲散的日子，憨厚的年轻人在墙角里晒太阳，没完没了地打扑克，花很大的气力搭“忠”字牌楼，就是不肯去修桥。当年总以为修桥是一件很了不得的事情，后来我才知道，那桥真要修，一点也不困难。

1999 年 2 月 26 日

关于流水

之 一

上中学时，有一次看见一位居民，从门前的秦淮河里捞起条金鱼。很大的一条，可能是别人放养，也可能是天生，反正那鱼的颜色，和一般的缸养金鱼不一样，是青色，大尾巴。捞起这条金鱼的人，把鱼放在一个大木脚盆里养着，不少人围着看，纷纷猜测这鱼的来头。连续很多天，我们放学路上的一个重要内容，就是去看那条鱼还在不在。那人想把这条大金鱼卖了，可是一直没有买主。

那年头，若有人举着一根鱼竿，在秦淮河边钓鱼，不能算是发疯。秦淮河里确实有鱼，不仅有鱼，还有小虾，孩子们河边玩耍，眼疾手快，用捞鱼虫的小网兜迅速出击，便能有所收获。关于流水的概念，我其实到了很久以后，才逐渐明确起来。童年的记忆中，河水永远在流，这和现在见到的情况完全不同。小时候见到的都是活水，不像现在，动不动就是臭水潭。

小桥流水人家，是典型的江南特色。记得八十年代初期，秦淮河排水清淤泥，几个喜欢收藏的朋友闻讯，赶过去淘换宝贝，高高地卷起裤腿，光着脚跳下河，从几尺厚的淤泥中，搜寻前人留下来的文物。忙了几天，把能搜集到的破青瓷碗，有裂纹的花瓶，断的笔架，还算完整的小鼻烟壶，喜气洋洋地都席卷回家。说起来都是有上百年的历史，喜欢古董的朋友就好这个，他们博古架上的供品，有很多好玩意其实就是埋在河底的垃圾。过去年代里走红的妓女，失意的文人，无所事事的贩夫走卒，得志的和不得志的官僚，未必比今天的人更有环保意识，有什么不要的东西往河里一扔，便完事。

不妨想象一下，河水不流，又会怎么样。壤非壤不高，水非水不流。流水不腐，秦淮河要是不流动，早就不复存在。正是因为有了秦淮河，我们才可能在它的淤泥里，重温历史，抚摸过去。这些年来，人们都在抱怨秦淮河水太臭，污染是原因，水流得不畅更是原因。流水是江南繁华的根本，流水落花春去也，看似无情，却是有情。是流水成全了锦绣春色，江南众多的河道，犹如人躯体上的毛细血管，有了流水，江南也就有了生命，就有了无穷无尽的活力。

之　二

“昨夜月明江上梦，逆随潮水到秦淮”这是王安石诗中的佳句。如果说水乡纵横交错的河道是毛细血管，长江就是大动脉。大江东去，奔腾到海不复还，古人把百川与大海汇合，比喻为诸侯朝见天子。长江厉害，更厉害的却是大海。

江南水乡的人，对潮起潮落有特殊的感受。水往低处流，长江下游，受到潮汐的抵挡，水位迅速变化。以我外婆家后门口的石码头为例，潮来潮去，一天之内的落差，可以有一两米高。清晨起来，河水已泛滥到了后门口，站在门外稍稍弯腰，就可以舀到水。到了下午，滔滔的河水仿佛脸盆被凿了个洞，水差不多全漏光了，要洗碗洗菜，得一口气走下去许多级台阶才行。

现在的江南，已很难看到潮起潮落。到处修了闸，水位完全由人工控制。人的日常生活，和潮汐几乎无关。要说这种变化，也不过是近二三十年的事情。我在农村上小学的时候，吃完饭，大人把锅碗瓢盆放在河边的码头上，慢慢地涨潮了，河水漫上来了，到退潮以后，容器里常会有小鱼留下来，慌慌忙忙地游着。那鱼是一种永远也长不大的品种，一寸左右，大头，看上去有些像蝌蚪。

水乡的男孩子没有不会捉螃蟹的，秋风响，蟹脚痒。三十年前，江南水乡，到处可以见到螃蟹，河沟里、田埂旁，捉几个螃蟹来下酒，谈不上一点奢侈。流水是螃蟹的生命线，水流到哪里，哪里就有螃蟹的足迹。如今只有在梦中，才能重温当年捉螃蟹的情景。要先找螃蟹洞，发现了可疑洞穴，便往里泼水。如果有一道细细的黑线涌出来，说明洞里一定有螃蟹，于是就用一种铁丝做的钩子，伸进去，将那螃蟹活生生地揪出来。

这是一种野蛮操作，螃蟹会受伤，受了伤很快会死，死螃蟹绝对不能食用，所以不是吃饭前，一般不用这种下策。聪明的办法是用草和稀泥和成一团，将洞堵死，然后在旁边做上记号，隔三四个小时再来智取。取时手穿过堵塞物，沿着洞壁慢慢伸进去，抓住螃蟹的脚，另一只手拿开堵塞物，螃蟹也就手到擒来。螃蟹意识到氧气不足的时候，会不得不往洞口爬。如此捉蟹的方法，关键要掌握好时间，太短了，手刚伸进去，螃蟹还未进入昏迷状态，仍然要往后；太长，便会憋死。

之　三

苏州人嘴里，河与湖发同样的音。这种巧合，反映了江南人对水的看法，在长江下游的人眼里，河与湖没什么太大区别。

我有个亲戚阿文在江南水乡插队当知青，按辈分，比我小一辈，按年龄，却比我大了差不多十岁。他长得非常帅，而且聪明，一转眼，在乡下已经当了五年知青，中学里学过的教材仍然不肯丢，没事就看书，还偷偷自修英语。他中学学的是俄语，当时中国和苏联关系紧张，原来学的那点俄语根本没什么用。记得有一次说好了一起去赶集，他兴冲冲借了条船回来，笑着说："明天我们一起坐船去，我正好要去接一个人。"

在水乡，船是最重要的交通工具。知青下乡，首先要学的就是摇橹。我曾经尝试过许多次，划不了几下，橹就会掉下来。第二天一大早，阿文打扮得干干净净，扛着一个橹接我来了。那天走了很多路，去镇上的路并不遥远，可是船在镇边上停了一下，就马不停蹄继续赶路。去镇上只是一个幌子，我因此跟着他坐了整整一天的船，还饿得半死。后来才知道他要去接的人，是个女孩子，是阿文朋友的女朋友。春光明媚，正是菜花开放的季节，菜花金黄，麦苗青翠，天空中飘着大朵大朵的白云。阿文的朋友被推荐上了大学，在大学里学地质，他有个同学生病回乡，就便托这位同学带封信给他的女朋友。

我不知道为什么那信要托人带，而不是直接寄，并且要绕个大弯子，由阿文带着她去取。很多事一直也没有弄明白。阿文和女孩子显然很熟，她生得极小巧，皮肤很白，戴个大草帽坐在船头。我至今仍然能记得草帽上的一行红字，"将革命进行到底"，日晒雨淋，字迹已斑驳脱落。一路上，大家都不说什么话，我觉得很闷，很无聊。终于到达要去的地方，见到了那位同学，在那吃了饭。女孩子看完信，似乎有些不太高兴，老是冷笑。

后来就是回程，先送女孩子。女孩子也是知青，是上海人，回去同样没什么话，半路上，她突然开口，冷笑说："我们真倒霉，来时逆水，回去，又是逆水。"船在航行，坐在船上的人并不太在意水的流向，经她一提醒，我才注意到水流很急，难怪我们的船慢得够呛。

阿文笑着说："你倒什么霉，吃苦的是我，涨潮落潮全赶上了。"

我们披星戴月，很晚才到家，阿文活生生地摇了一天的橹，没有一点疲劳的样子。整整一天，他都是很兴奋，我当时有种感觉，觉得阿文是有点喜欢那女孩子，因为喜欢，所以兴奋。当然只能是喜欢，没什么别的意思，毕竟是他朋友的女友。岁月如流水，许多年过去了，往事不再，女孩子据说后来和一个毫不相干的人结了婚，阿文对这事闭口不谈。

1999 年 3 月 6 日

难得有闲

没有什么日子比高中毕业等待分配的那段时间更闲。几乎整整一年，我一直待在北京，和祖父生活在一起。上小学之前，我也在北京待过一年，记得那是因为我长得又瘦又小，祖父嫌我的父母不会带孩子，把我接到北京，好吃好喝地加强营养，结果过了一年，我仍然是又瘦又小，这事后来成了我父母常为自己辩白的笑话。

高中毕业那年没有大学可以考，1974 年是“文革”中相对平静的年头，轰轰烈烈的日子已经过去，许多人都闲着无事可干。祖父常说我们一老一小，是世界上最闲的人。

祖父那一年整八十岁，闲得无聊，全靠写日记写信写毛笔字消磨时间。时间多得真恨不得能拿来当作礼物送人。我和祖父睡在一个房里，当时有三件事最让他满意。第一是陪着散步。风和日丽，去什么地方不一定，出了大门，出了胡同口，捡最空的公共汽车上去，然后到有空旷的地方下车。目的只在活动活动腿脚，有时在郊区的小河边看柳树，有时去北海坐石凳上闻荷叶的清香，有时沿着农展馆旁边的马路走一截。那时候到了农展馆，似乎就算是郊区。

去洗澡向来是祖父生活中的乐事，祖父年纪大了，洗澡没人陪不行，我自然成了最合适的人选。去洗一次并不容易，得挤公共汽车，有时还得排队，上了车很可能没有座位。好在时间富裕，挤公共汽车就挤公共汽车，排队就排队，没座位就没座位，祖父对我的搓背技术一向赞不绝口。

祖父一段时间内很愿意被人当作摄影的模特儿，我们拍照的胶卷都找他报销。祖父因此有了好多册影集。有时候，翻翻影集也是一种很好的消遣，可以打发掉许多闲暇的时光。到了晚上，我照例要为祖父敲敲背，煞有介事地为他按摩穴位。祖父总是一边连声叫好，一次次表扬和鼓励，一边和我大谈因为翻阅影集引起的陈年旧事。人生几回伤往事，山形依旧枕寒流。真有些山僧独在山中老，唯有寒松见少年的味道。

那时候实在是太闲了，因为闲，我因祸得福，从祖父那得到了许许多多平时不可能得到的东西。那是段畸形的岁月，平安无事就已经非常非常足够。直到“四人帮”被粉碎了，大家才都变得忙碌起来。后来祖父梦见我们全家又去了北京，醒来便写了一组诗，和我有关的是这一首：

兆言到，旧例继先时。示尔新增留影册，陪余浴室共淋漓，临睡小床支。

玩半导体收音机

我曾经玩过一段时间的半导体收音机，那是在上中学的时候，刚开始是玩矿石机。买了一本薄薄的小册子，根据上面的说明，装了个小单管机，我至今还能记得第一次听到播音时的激动。

玩半导体收音机是很容易上瘾的事，首先要有一点钱，那时候的家长似乎不懂得要为子女投资的道理，而且好像也不知道应该给孩子零用钱。很长一段时间内，只是把那个单管机拆了装，装了再拆再装。我把精力都花在了如何缩小体积上面，先是用一个普通的肥皂盒，后来又把同样多的零件，都压缩在了一个更小的肥皂盒里，那种小肥皂盒现在已见不到了，小得只能放下两小块宾馆里常见的那样的小肥皂。

这时候大约是 1971 年，正是“文革”中期，所以要强调一下时间，是想说明当时的背景正是“读书无用论”风行之际，我一个十四岁的中学生能这么做，已经很有些未来可以当大科学家的潜质。

因为没钱买耳机，买零件，我便从家里偷书借给同学看，作为交易，同学把一个旧的电话耳机送给我，附带还有一部分半导体元件。改造完了我的小半导体收音机，我又开始改造耳机。既然一个小小的肥皂盒，就能放下书上说的必须放在大肥皂盒里的零件，为什么我不试试把耳机也压缩成一个小耳塞子呢。

我选中的是一个五分钱大小的小塑料盒子，原来是放中药膏的，然后又找了一节老式的旧钢笔的笔管，那种老式的旧钢笔管，在尾部有一个能旋下的一小截，正好可以用来当作塞在耳朵里的塞子。我小心翼翼地将笔管锯开，利用原有的螺纹，在小塑料盒上钻个小孔，把那一小截笔管固定在上面。

老式的电话耳机里的线圈很大，没办法放进小塑料药盒里。唯一的方法便是自己重新绕线圈。这是一个很费脑筋的事，我失败了许多次，最后才勉强成功。因为没有绕线机，在绕线圈时，必须靠自己心里记数字。那时候要配用的耳机是高阻抗的，和我们今天常见的那种耳塞子完全两回事。反正要绕一个很大的线圈，才鼓鼓囊囊硬塞进小塑料药盒里。

玩半导体收音机的乐趣在于制作，在于自己动手，在于利用不花钱的废旧物品。很多的时间都花在设想上。玩半导体收音机，本质上是一种很健康的动脑筋，挖空心思废寝忘食。真正做好了，其实也就那么一回事。事实上我很难得听半导体收音机，即使是自己吃辛吃苦制造出来的也一样。

非法买卖

我还干过一段时间很有趣的非法买卖，那就是在摊贩市场上和别人交换半导体元件。十四岁的时候，玩半导体完全入了迷。那时候没钱，只能是玩有限的几个元件，拆了装，装了拆。后来暑假里去北京，发现当时已插队的堂哥，有足足一大抽屉玩剩的半导体元件。

堂哥把这些元件统统给了我，我仿佛一下子挖掘到了一个大宝藏，顿时成了大富翁，那种发自内心深处的喜悦，简直没办法用笔墨来形容。北京的表姐夫又送了一个万能电表和电烙铁给我。这真是如虎添翼，我发觉自己终于有了足够的本钱，可以大大地干一番。单管收音机对我来说已经微不足道，经过了双管机三管机，我又开始装超外差六管半导体收音机。

很快就发现元部件仍然不够用，虽然我有一大堆，可总是缺这少那。于是便像如今黑市上交换邮票一样，揣了一口袋半导体元件，在南京一个很有名的摊贩市场上和别人交换。那时候这是地道的非法买卖，常常有戴着红袖章的民兵突然冒出来，逮住了就全部没收。在当时的背景下，农民在集市上卖自己养的鸡和鸡蛋，都属于资本主义的尾巴，我们这些生在红旗下，长在红旗下的少年在街面上倒卖半导体元件，自然有些大逆不道的意思。

做买卖有时候可以无师自通，最初只是用自己多余的元件去和别人交换有用的元件，很快就学乖巧了，知道什么元件是紧俏货，怎么交换划算，怎么不划算。有时候交换的元件，自己当时根本就用不着，但还是先换过来，哪怕是多贴些元件，吃小亏占大便宜，反正紧俏货脱手很容易。

人有时候会渐渐地自然而然地狡猾起来，在摊贩市场上，倒卖半导体元件的，许多都是成年人，和这些人打交道，你越是表现出自己想要什么，他就越是拼命抬高你所要东西的价钱。在半导体元件中，有许多都是伪劣商品，质量很坏。常常兴冲冲带回去了，鼓捣了半天，却发现是坏的，然后再带到摊贩市场，偷偷地换给别人。人学好不容易，学坏几乎不用教。

非法买卖的乐趣，也许就在于非法。因为常常要注意到戴红袖章的民兵，整个交易过程，都在一种非常紧张的气氛中进行。被抓到的倒霉蛋会被公认为无用。那些民兵有时候会把醒目的红袖章摘下来，放在口袋里，装作也想交换元件的样子，然后突然露出狰狞面目。好在那一阵我们也不好好上学，老在摊贩市场上转悠，就那么几位民兵同志，他们的相貌早就刻骨铭心，一看见他们，赶紧把元件放在口袋里藏好了，然后跟在他们后面，兴致勃勃地等着看别人的笑话。

玩摄影

1974 年高中毕业，我得到了一台苏联查尔基 4 型相机。这是托母亲朋友从上海的旧货店淘来的，价格 204 元。在当时，是一架很不错的相机，镜头是 F2，据说与德国莱卡的某款机型十分相似。我的堂哥告诉我，这相机搁在 50 年代，基本上就是顶级产品，因为它的核心技术，它的原材料，都是利用了德国战败的赔款购得。

以今天的眼光看，它已经算不了什么了。在当时，我是说在当时，起码周围的人，没有谁能拿出比这更高档的玩意。那年头常见的是一种双镜头反光机，是 120 的，镜头只有 3.5，只能拍 12 张照片，不像我的这台 135 机器，每次可以拍 36 张，因为镜头大，成像效果极好。我的堂哥是摄影爱好者，尤其擅长于拍人像，我从他那里学到了最基本的拍摄和洗印技术。

家庭成员和周围的人，成了我拍摄的模特。也许从来就没有真正地拍好过什么照片，可是有一段时间，我的耳朵边，常听到大人在表扬我的作品。祖父经常表扬的一句话就是：

“这张照片不错，我要放到我的相册里。”

我在玩照相上花了很多时间，南京新街口有家摄影图片社，那里的放大纸论斤卖，可以买回来自己放大照片，成本要相对便宜许多。我自制了放大机上光机，用脸盆配制了药水，躲在暗房里，一干就是一个通宵。记不清我拍了多少照片，相对于今天，根本算不上什么，可是在当时，一干活就是一脸盆，一出手就是厚厚一叠照片，还真有些吓唬人。

我很快成了一名小工人，会摄影的名声很快传了开来，经常有人要我拍照。我把有限的时间和金钱，投入到了无限的摄影之中。说起来荒唐，那年头拍了那么多照片，现在要想找回当时的痕迹却很困难，除了父母影集留下了一些证据，大多数照片已无处可寻。你为别人拍了照，冲洗放大成照片，把照片给了别人，事情就完了，就结束了。

1976年9月9日，在南京绣球公园，我正为一位电工师傅的儿子拍照，那孩子才三四岁。大广播里说有重要新闻要广播，让大家耐心等待。我们一边拍照，一边等候。终于把一卷胶卷拍完，从树林里走出来，我们听到了毛主席他老人家去世的消息。

当时并没有想到这件事会对自己的前程有什么影响，一切都是不知不觉，爱好摄影的年代突然中断，我渐渐淡忘了这门技术，开始去夜校读书，读机械制图，读高等数学。和摄影一样，我仍然没有把它们学好，很快，高考恢复，赶时髦似的跟着别人去了考场，第一年没考上，第二年考上了，成了一名大学生。

玩音乐

我于音乐是门外汉，所谓五音不全。不过有个怪毛病，就是写作时，耳旁一定要有音乐。音乐伴奏对我有特殊功效，犹如瘾君子嗜烟嗜茶。

不正确的印象记弄不好就把作家给害了，我的朋友李潮在一篇印象记中，把我描写成一个玩音乐的公子哥。《音乐爱好者》的编辑李章因此上当，非常热心地写信约稿。我这人见人热情就不好意思，糊里糊涂答应了。答应之后，认认真真想想，才明白谈音乐，自己根本无从谈起。

喜欢音乐实在不值得一说，音乐是个美好的东西，谁都会不由自主地喜欢。我们经常听到这样的神话，诸如奶牛听音乐产奶量增高，母鸡听音乐多下蛋，音乐可以治病。喜欢音乐没有任何意义，犯不着附庸风雅，说了白说的话最好别说。爱听音乐绝不是什么例外，就好比人爱吃、爱玩、爱看电影。不爱吃，不爱玩，不爱看电影才是例外。人真要想发表什么声明，应该宣布一些属于例外的东西，比如理直气壮地宣布自己不喜欢音乐。

我最早接触外国音乐，是在 1974 年。和我的文学起步一样，染上听西洋古典音乐的习惯，都是受堂哥三午的影响。三午在那年买了架老式的大圆盘磁带录音机，一头扎进了音乐的海洋，到处打听磁带唱片行情。那是一种现在早已完全淘汰的录音机，用的是老掉牙的电子管，沙沙的噪音不绝于耳，记得当时跟三午一起玩音乐的有翻译家傅惟慈，写现代诗的毛头等。只要一听说哪儿有好磁带，兴奋得就像过节一样，立刻奔走相告，用自行车驮着笨重的录音机去翻录。

1974 年玩音乐是个了不得的享受，那年头是文化的沙漠，甚至耳边听几句样板戏，也有一种聊胜于无的轻松。物以稀为贵，大家没有音乐听，有音乐听的人免不了自我感觉良好，免不了有一种富裕的知足。“文化大革命”后期，所谓高级知识分子，都有些别人没有的享受，据我所知，知识分子，尤其是高级知识分子，在当时的遭遇，并不像电影电视上那么悲惨。真正吃苦的，永远是货真价实的工人农民。知识分子吃些苦，那是投资的本钱，迟早能捞回来。

那时候听的都是古典音乐，交响乐之外，便是意大利歌剧。手头备一本丰子恺的《世界十大音乐家》和《音乐家辞典》，一边听，一边按图索骥地对号。对于音乐，至今为止，我仍然说不出什么名堂。只记得当时听得愉快，认认真真坐在那，像小孩子吃冰棒，像纯情的姑娘看言情小说，全心全意地喜欢和当真。这种愉快的感觉一直延续到现在。一闲对百忙，再也没有比这更好的享受。人坐定了，放一盘中意的磁带，烦闷时可以出口恶气，疲劳时能够解乏。音乐使人摆脱了孤独感，尤其是在写作期间，万籁俱寂或者噪音袭耳，有时思如泉涌，来不及写；有时江郎才尽，写不出一个字。唯有音乐在空气中汩汩流动，好像有群小天使在身边飞来飞去，你终于感到自己并非孤立无援。

玩音乐，最好是身临其境，干脆自己就去做个音乐家。其次当票友，虽不下海，能拉会唱其乐无穷。再次是听客，譬如我，就那么老老实实坐在那，认认真真地听。我在音乐方面的素养低得不能再低，先天不足，后天失调，记忆中我似乎没上过什么音乐课。我的少年时代和“文化大革命”的急风暴雨紧密联系，在学音乐的最好年龄，我因为父母突然双双进牛棚，差一点成了小流浪汉。当时，能有几口饭吃就很不错了。

我最害怕的是这样的斥责，那就是你既然不懂音乐，不会玩乐器，不识五线谱，干吗还要听音乐。这是最击中要害的打击，我难免无地自容。好在我没有不懂装懂。喜欢音乐是人的一种天性，音乐并不只是音乐家的专利。就仿佛吃并不只是厨师一个人的事，不是美食家，照样要吃美味佳肴。我常常听到一些绅士般的人物在比音响设备，在比彼此收藏的激光唱片。有些人常常把“这机子哪能听，这带子哪能听”挂在嘴上，他们的耳朵比一般人高贵，像喜欢名牌衬衫一样喜欢名牌音响制品，乐曲本身反而显得并不太重要。好是没有底的，依我的傻想法，当我们真需要音乐的时候，当我们的心灵已经随着乐曲在颤动，那熟悉的旋律不断反复，有一点沙沙声，高音或者低音区有那么点小小失真，又有什么大不了？

开始玩电脑

想电脑打字机已经很长时间，我一直有个傻想法，就是写作工具的改善，对自己制造小说能有些帮助。丈母娘曾问过我，有了电脑打字机，写小说是不是不用脑筋。答案自然是否定的，不过我真希望有这样的机器，坐在那，啪啪乱打，文章便写出来。

我最羡慕笔头快的人，前人形容林琴南先生“运笔如风落霓转”，说他译书时，不加窜点，脱手成篇，林琴南不懂外文，译书全凭人卖嘴皮子传达。老先生的本事实在太大，“口述者未毕其词，而纾已书在纸，能限一时许就千言，不窜一字”。“林译小说”当年轰动一时。据说他每天工作四小时，可成五六千字，难怪所翻译的西洋小说可达一百五十九种。

过去写文章全靠毛笔，要磨墨，三九寒天会结冰，酷暑时略停片刻便干结。钢笔的引进是写作工具一大革命，这场革命的结果之一，是我这样不会拿毛笔的人，也能理直气壮当作家。像林琴南这样的老先生，显然将毛笔的功能发挥到了极致。古人传说中的“倚马奇才”，也不过如此。不妨想一想，每小时一千五百字，天天四小时，天天保持这样的速度，写上十年或者几十年，可以有多少字。

工欲善其事，必先利其器。我的字不仅写得慢，而且像小学生一样笨拙。人难免睡不着觉怪床歪，写不好文章怨纸笔。我知道天下不会有这样的便宜事，自忖有了电脑打字机，写不好仍然写不好，写不出仍然写不出。玩小说的人永远有一颗蠢蠢欲动不安分的野心，为了实现自己的心愿，小说家当然希望掌握最好最有效的工具。

南朝湘东王录忠臣义士文章，所用的笔分三品，忠孝全者，金管书之；德行精粹者，银管书之；文章华丽者，斑竹管书之。由此可知，古人对书写工具也讲究，只是有些太过分，太华而不实，太不在点子上。文章写好才是第一要紧的事情，金管之笔不用说操纵不灵，就算有一把好手劲，写出来的文章不好还是不好。文章千古事，流芳百世遗臭万年，全看内容如何。好自好，不好好不了。

据说使用电脑打字机，每分钟可写一百多字。这速度让人兴奋无比浮想联翩，或许作家迟早都得玩电脑打字机，反正赶早不赶迟，不妨图个新鲜。下决心出次血破回财，一人上当又不甘心，拉着周梅森和朱苏进共同掏钞票，所谓荣辱与共，老鼠药人参大家一起吃。现在这时髦的玩意终于请回来，练习和调试了不过一天，心痒痒地便开始写稿子。

正儿八经地算是写，手指在键盘乱动，错了重新来，坚决不用笔打草稿。既然花了钱，就得摆派头，决心已定，不达目的誓不休。潜意识中觉得会遇上不少困难，打着打着，糊里糊涂差不多就是一篇文章，明摆着使用电脑打字机不是很难，都说作家要靠笔杆子吃饭，以后混得好不好，看来就得全拜托电脑，以上算是我打出来的第一篇文章，断断续续，终于完成了。

没有文学的少年

小时候的文学印象，最初可以追溯到排队买《欧阳海之歌》。隔着时间长河，穿过光阴面纱，记不清楚当年怎么一回事，只记得很长的队伍，男女老少各式各样面孔，喊声和骂声一片。不明白大家为什么都去排队，都去抢这样一本书，我只是一个很局外的看客，一个九岁小男孩，远远地看着热闹。

少年的记忆中没有文学，在一些回忆文章中，我曾吹嘘过自己小时候很喜欢看书。其实这不确切，与各种人物的回忆录一样，根本就不靠谱，我看书不是因为喜欢，而是因为孤独。无聊于是读书，孤独然后看小说，搁篮子里便是菜，抓手上就是名著。什么样的文字我都愿意看，“老三篇”背得滚瓜烂熟，《毛主席语录》不敢说倒背如流，要哪段翻哪段绝没问题。

如果那年头有 NBA，有世界杯，有奥运会，有四大天王，有超女，有韩剧，有网络，或者有高考，有重点中学，男生女生可以早恋，我肯定不再乱看书消磨时间。我的少年时代根本就没有文学，那是一片文化沙漠，就像是月球的表面，看上去光滑，却毫无生命迹象。现在的孩子听到“文化大革命”，总觉得有些怪怪的，就像我们小时候听老人讲日本人怎么进了南京，而喜欢提到这些掌故的人，差不多都是祥林嫂，都是《大话西游》上的唐僧。

我的少年时代，既不喜欢唐诗，也不喜欢宋词，能背几首古诗词蒙蒙人，完全是拜无聊所赐。没人逼着我看这些破烂玩意，爱看不看，反正不知从哪随手偷到了一两本，闲着也是闲着，结果不光看了，而且背了。记什么都是记，花拳绣腿有口无心，生吞活剥地先背诵下来拉倒。记忆中，背得最爽的是毛主席他老人家的《敦促杜聿明等投降书》，那个大义凛然，那个居高临下，那个牛啊。

直到上大学，都没有弄明白什么叫文学。没人在这方面专门培养过我，自己也从来没往写作的路上仔细想，甚至都懒得看上一眼。成了作家以后，很多人追问文学因缘，考究渊源，我也十分认真地检点过去，盘算再三，仍然说不出一个为什么。少年记忆中与文学有关的玩意，实在少之又少，想胡编都找不到北。我们这一代人被恶谥为狼崽，非要追问出一个所以然，只能说史无前例的“文化大革命”，培养和滋润了我们。

父亲生前常说作家没办法培养，以我这个儿子为例，语重心长诲人不倦，结果人家根本不相信。我女儿发表了一些文章，出了几本小书，有人就带着孩子登门，诚心诚意请问，讨教独门暗器和秘诀，面对同样的问题，我显得非常无奈，真话假话都不行，说真人家不相信，说假自己又不乐意。

2008年8月4日

失去的老房子

江南老房子和北方的四合院，似乎有明显的区别。我曾去过茅盾的故乡，参观过徐志摩和郁达夫的老房子。四合院更体现中国传统文化中古老的东西，而江南殷实人家的老房子，多多少少都有些近代城市的味道。茅盾的故居，便是一个典型的南方商家，有门面房和库房，同时又有文化氛围，是个既能做生意又能读书的地方。徐志摩的家后来是县银行的所在地，一看那豪华的气派，就知道他们家一定比茅盾家更有钱。

郁达夫故居有两处，一在富阳城中，地方不大，是一栋很有书卷气的小楼；另一处在杭州，也就是著名的“风雨茅庐”，这地方长期被一个派出所占用着。文化人居住过的老房子，就算我们没有亲眼看见，也可以从文化人自己或别人写的文章中略知一二。文化人的名气越大，他们居住的老房子，越会被当作文物保留下来。

老房子诞生了一代文化名人，而文化名人们的声誉又使得老房子得以保存。20个世纪末出生的文化名人，绝大多数都有比较好的经济环境，虽然不一定大富大贵，但是真正出生于穷人家庭的，事实上很少。文化人很容易哭穷，喜欢痛说革命家史，只要我们有机会参观他们的故居，就可以明白他们有时候并不全是说的真话。譬如郁达夫的“风雨茅庐”，千万不能仅仅从字面上去理解，那实际上是一栋非常美丽的房子，有那么点日本式风格，丝毫不比今天省长的房子差。

随着旧城区的改造，老房子正在迅速变为历史。往日老掉牙的故事，也随着老房子的消逝，越来越模糊。除了被当作文物的老房子，大片旧城区都将给夷为平地，一栋栋火柴盒似的新楼房拔地而起，硕果仅存的老房子，都将成为记录过去岁月的活化石。要想知道一个人的历史，要想重温逝去的时代，只要我们有机会走进他所居住过的老房子，我们便会很直观地走向从前回到过去。可惜大多数的老房子不可能保存下来，也没有必要保存。我们毕竟是生活在现实之中，我们不能没有历史，现实和历史放在同一架天平上，自然是现实更重要。当我们缅怀老房子的时候，谁又不是渴望着住进新房子呢。

南京的老房子，由于地理位置的特殊，说南不南，说北不北。虽然也是地处江南，但和江浙交界之地的江南，完全两回事。南京的老房子几乎没有自己固定的风格，很多人发了财出了名，就到这来定居。历史上的南京名人，没几个是土生土长的南京人。南京长期以来一直是个遭受入侵的城市，外来文化很容易便在这块土地上扎了根。我认识的一个朋友，是回民，他的家族几百年前就在南京定居了，就定居在我们称之为老南京人集居地的城南。在我认识的朋友中，好像没有资格比他更老的南京人了。

在过去的一百多年里，南京人经受过不少灾难。先是太平军入城，然后又是曾国藩攻进南京，曾文正公被认为是封建社会的完人，可是他当时却得到了“曾剃头”的封号。二次革命时，被革命军撵出南京的张勋，气势汹汹卷土重来，三日不封刀。还有日本人制造的震惊中外的南京大屠杀。屠城这样的惨剧对于地道的南京人来说，一点也不陌生。南京的老房子们，能在战火中幸存下来，实在是一件不容易的事。著名的洪秀全的天王府，毁灭于火海之中，大火同样不止一次烧毁了夫子庙。繁华一时的太平路，也是由于日本人的放火，直到这十几年来才重新变得繁荣。

有一个叫江驴子的人，据说是太平天国时期专门替天朝养驴子的。太平天国灭亡以后，江驴子不知靠什么办法，谋得一小笔横财，使他不仅躲过了杀身之祸，而且在风头过去之后，替自己盖了一片很漂亮的房子。这房子之大，今天的人提到，总是免不了连声感叹。和做过官的人比起来，江驴子算个什么东西，但是多少年过去了，他的旧宅却成了一家省级剧团的所在地，一百多号人连同家属都住在这里。

我最初的记忆，就产生在这一片老房子之中。多少年来，我一直不明白，为什么一百多年前一个养驴子的人，他盖的房子会那么大，大得简直就是座庄园。大大小小的房间之多，根本没办法计算。我在江驴子的老房子里，只住过很短的一段时间，当我的记忆变得越来越清晰的时候，我们家搬到了附近的一栋洋楼去住。我在那里开始上小学，开始经历轰轰烈烈的“文革”，开始上中学，然而江驴子的老房子，一直是我玩的地方。我儿时的小朋友几乎全住在那里，我们在一起打游击，讲故事，干一切孩子们所热衷干的事。

在这座一百年前建造的老房子里，仅仅和我同年的小男孩，就不下十名。大大小小的孩子加起来有几十个。在我读书的年代，由于学习从来就不是件重要的事，老房子里能有这么多的孩子在一起玩，实在是一件快乐无比的事。孩子们太多了，多了就要闹别扭，常常你不理我，我不理他，一会儿和好，一会儿打架，吵个没完。弟弟挨揍了，便回家搬救兵，把哥哥请出来。记忆中，大人似乎很少出来过问小孩子的事，原因大约是都在同一个单位，大家熟悉，不值得为小孩子的事红脸。

老房子里没厕所，家家都用马桶，新新旧旧的马桶，青天白日之下，就搁在大门口。记得过年炸爆竹，调皮的孩子把一串鞭炮拆散了，点着了，往搁在外面晒太阳的马桶里扔，然后盖上马桶盖。这种游戏照例是从大笑开始，到挨骂结束。还是因为没有厕所，孩子们玩着玩着，难免是有地方就撒尿，结果老房子凡是个角落，就臭烘烘一股臊味。

老房子有一个很大的园子，在那儿盖了一个剧场，还留下一块不小的草地。孩子们经常在草地上打滚。珍宝岛事件以后，盖防空洞成了一件大事，草地上建起了一个最简易的防空洞。防空洞成了孩子们游戏的好场所，大家想方设法溜进去玩。直到在坑道里捡到了一枚充满臭鸡蛋味的避孕套，才不敢再去。

老房子里没有什么太多的秘密，邻居之间拌嘴，夫妻之间吵架，几乎全是公开的。老房子全是平房，窗户很矮，墙也不厚，声音稍稍大一些，外面都听得见。有一次派出所来抓人，径直往里面走，大家都跑出来看，就看见一个老太太被抓走了，说是“现行反革命”。

老房子里死了人也是件恐怖的事，哭声很轻易地就传得很远，孩子们忍不住要去看热闹，看的时候不怕，看过了后怕，到晚上睡觉便做噩梦。

老房子里长大的孩子们，彼此之间，好像没有产生过什么爱情故事。我的童年和少年时代，男女之间，都有一种近乎仇恨的敌意。在学校里，男孩女孩不说话，在一个院里住着，也都跟不认识一样。不知不觉都长大了，女孩子先发育，开始懂得打扮。男孩子却躲在一起说下流话，说谁的奶子鼓了起来。

终于有一个不争气的男孩子出了丑，他在公用的厨房里，突然鬼迷心窍，抱住了邻居的一个女孩子，不分青红皂白，就在人家腮帮上啃了一下。女孩子要比男孩子大两岁，而且也不太漂亮。这事可真有些了不得，那年头还没有电视，许多人都把接吻的“吻”念成“勿”。女孩子像触电般怔了半天，猛然如丧考妣大哭起来。结局自然是那个不争气的男孩子被父母像揍贼一样，痛打一顿。这事一时间成了老房子里最大的新闻，男孩子们都觉得这事挺好玩，也都明白这事最丢脸。和女孩子说话都不对，这么干，不是已经接近流氓了吗，真没出息。

唱情歌的季节

有一位台湾来的老作家，谈起现在的港台情歌，说歌词的意思，不外乎是爱你爱到骨头里。老作家的意思里并没有太多的贬义，他只是好像不喜欢这种夸张的口吻。老派的情歌通常喊几声阿妹阿哥也就完了，不像现在，要爱就爱得轰轰烈烈，爱得你死我活，爱得让人气都喘不过来。

我对卡拉 OK 有一种天生的敌意，尤其讨厌有人在吃饭桌上唱。无论是餐厅里的专职歌手，还是那些有些能耐或根本就没有能耐的噪音制造者，不管三七二十一，拿起话筒一展歌喉，这情景真让人受不了。吃饭就吃饭，干吗弄得那么花哨。记得有一次在海南，吃饭时，有人频频抛钱出去点歌，一位男歌手像女孩子一样哼着，搔头弄耳嗲声嗲气，唱一会儿还要说一会儿。很多人都觉得忍无可忍，在场的汪曾祺老先生说了一句很有趣味的话，这就是能不能花点钱，让那歌手别唱。

其实就算是唱得好，也真不应该在饭桌前唱。有人认为这是一种享受，是一种规格，可以产生一种接近大款的感觉。现在已是没有一首歌不带情的，很好听的歌，很有力的山盟海誓，因为时间地点有些问题，味道完全被改变，好像只是有人在调情。有些很漂亮的女孩子站在餐厅里唱情歌，她可能是为了几个钱，这年头，谁都可能为钱做一些迫不得已的事，但是我总是情不自禁地感到心痛。人们通常自顾自地吃着，因为自己是花了钱的，可以完全把唱歌的女孩子的存在忽视掉，或者是色迷迷地盯着她，摆阔地胡乱点歌，做出潇洒的样子献上一捧鲜花。我常常想到这些女孩子的父母，他们会怎么想呢，女儿大了，没人能干涉她们的选择。我想所有卖唱的女孩子，女孩子们的父母，都会有一种说不出的苦衷。要是你走进机器轰鸣的纺织厂，看见那些几乎被噪声吞没了的女工；要是你在冬日街头上，看见赤裸着手背脸色冻得发青的卖菜姑娘，也许会觉得能在豪华的餐厅里卖唱就是好的选择了。

情歌的泛滥，使我们对它们已经麻木了。都市生活的枯燥，凭空添加了许多无聊的娱乐。情意绵绵的歌声不绝于耳，唱的人无动于衷，听的人也无动于衷。爱是一个轻易就能说出口的词，没有掩饰，用不到过渡，人们不用为它付出任何代价，它好像永远就在手边，但是当我们真伸出手去的时候，才发现货真价实的爱根本不存在。爱成了一场游戏，成了潇洒，成了玩弄嘴皮，成了爱的对立面。我拿青春赌明天，你拿真情换此生，这些美好的词句，如今已像“文革”时的豪言壮语一样空洞。

在过去的年代里，所有的情歌都曾被形容成靡靡之音。字典上对靡靡两字的权威解释是：“颓废淫荡，低级趣味。”20年前的故事，对于今天的年轻人来说，整个就是天方夜谭。我读中学的时候，情歌一概被称之为“黄歌”，那个时代的年轻人，刚开始不但不会哼唱情歌，就是会唱的老一辈，也鸦雀无声噤若寒蝉。唱情歌等于唱黄歌，等于是流氓，这种最简单的推理，让所有的人都觉得想到爱就是罪过。我的同龄人都是在同一种性禁锢的压抑下成长起来的。随着年龄的增长，班上的男孩子开始说下流话，当然只有那些被称之为坏学生的人才敢说。

记得那时候公演的外国电影，只有苏联的《列宁在十月》和《列宁在一九一八》，以及阿尔巴尼亚的几部电影。有一部阿尔巴尼亚的儿童片叫《勇敢的米哈依》，其中有个镜头是一群小孩去河里游泳，一个少女只穿着胸罩和三角裤，这个一闪而过的镜头在当时很激动人心。黑暗中不知谁喊了一声，于是一片叽叽喳喳。《列宁在一九一八》中有一小段《天鹅湖》舞，有些人买了票，反复看，只要那半分钟的《天鹅湖》一结束，就立刻堂而皇之地退场。在“文革”的后期，唱“黄歌”已经成为坏孩子的专利，所谓“黄歌”，也就是20世纪50年代青年人传唱的一些情歌，譬如那首著名的《莫斯科郊外的晚上》。

在高中毕业的那一年，我们在乡下劳动。几乎所有的男孩子都在有声无声地哼唱这首曲子。我们有个同学会吹口琴，老师不在的时候，便反复地吹奏。据说现在的中学生早恋已很普遍，可是在我们念中学的时候，男女同学都仇人似的不讲话，谁要是无意中提到了一个女孩子的名字，立刻就会被大家瞧不起。多看女孩子一眼也是无耻的，男孩子大都用一种蔑视的姿态，来表示自己对异性天生的爱意。那次在乡下劳动，也许是毕业在即，两位很好看的女同学从我们面前走过时，我们班的一个大胆而且有几分恶名声的男孩子，遥指着其中的一位，忍不住说：“乖乖，为了她，让我去死，也是愿意的。”

这是我们第一次听到有人如此公开地表达对女孩子的爱意，我们都很吃惊，以至于没人敢插一句话。大家已习惯表达对女孩子的仇恨，我们为女孩子起绰号，传播那种并不存在的流言蜚语。我们把穿得好看一些的女孩子，戏称为女流氓，并用想象中的男孩子为她们配对。把男孩和女孩相提并论，在当时可以说是奇耻大辱，因此，有一个人如此赤裸裸地表达他的爱意时，在场的所有人反而不作声了。也许所有的男孩子都暗恋着这个女孩子，也许是因为这个女孩子想起了别的女孩子。中学生应该不应该早恋这是需要另外讨论的话题，但是所有的男孩子心目中都会有一位女孩子，这是抵赖不掉的。每个人心里都有一首情歌要唱，就是没人敢真唱出来。

还有两个月，我们就要毕业，大家似乎一下子成熟了。许多人都去镇上买了最廉价的香烟来抽，一边抽，一边望着天空想心事。一个男孩子竟然忘情地在女教师的面前，唱起了《莫斯科郊外的晚上》。

我的心上人，坐在我身旁，
默默看着我，不声响。
我想对他讲，但又不敢讲。

女老师听了生气了，说你唱什么歌。男孩子说，我唱的是革命歌曲。女老师说，什么革命歌曲，是“黄歌”。男孩子不承认，说自己唱的不是“黄歌”。女老师不容他抵赖，男孩子急了，狡辩说，你怎么知道是“黄歌”，除非你也会唱。女老师说，我的确会唱，但是我没唱。女老师当然会唱这首歌，她是“文革”前的大学生，体育和唱歌都好，性格就像男孩子一样活泼，时间地点身份不一样了，她只能板起脸来训斥自己的学生。

我们同班的同学，有许多人前后在一起念了十年书，竟没有一对男女成为夫妻。高中毕业后，虽然还都在一个城市里住着，见了面，仍然和路人一样陌生。如今到处能听见如泣如诉的情歌，可真正属于我们这代人应该唱情歌的季节，已经无可挽地结束了。浪漫的岁月，不当一回事的就过去了，想起来不能不觉得感伤。一年前，我们的小学同学声势浩大地聚集在一起，搞了一个小小的活动，男男女女坐在一起，匆匆谈起了过去和现状。童年少年时的痕迹在我们的脸上已经成了残余，大家都不再年轻，想到那时候不说话的情景，谁心里都在觉得暗暗好笑。

有一年在神农架开笔会，池莉女士的一位热心读者，感叹地说：

“哟，你变多了，十年前你不是这样的。”池莉立刻有些哭笑不得，不知道如何回答才好。这种感叹也引起了当时在场的另一位女作家范小青的感叹，说一个女人怎么禁得起十年的岁月。十年对于一块石头，也许没什么变化，对于金属，也只是厚薄不同的一层锈，可对于人来说，尤其对女人来说，实在太可怕。

还是让话题再回到我们那次同学的聚会上，时间自然不是十年，而是二十多年。如花似玉的女孩子现在都成了十足的妇人，虽然成熟也是一种美，然而岁月的洗刷，毕竟谁也阻挡不了。都说美丽的女人经受不起时间的考验，事实上，不算漂亮的女人，也一样难逃厄运。让男孩子们朝思暮想的女孩子们已经远去，唱情歌的季节也已经一去不返。

把钟拨快些

我家所有的计时器都留了些提前量，这是一个很幼稚的习惯，自己心里其实都有数，在计较时间时，早已将这些提前量扣除了，譬如我女儿上学，她总是在七时三十分出门，而校方的规定，是这时间一定得到达学校。我们家的计时器普遍快了十分钟，所以女儿从来不迟到。

在一个讲究时间效率的时代里，把钟拨快些，有时不失为一个自我安慰的好办法。时间节奏越变越快，变得让人连喘口气的机会也没有。据说凡是经济越发达的地方，时间便越紧张。今年 3 月份去深圳，听负责买单的老总说，如今深圳人的时间观念，紧张到了连吵架都懒得吵的地步。开着小车在街上走，一不留神撞上了，大家跳下车来，看看多少钱可以了事，立刻摆平。对于自己有车可以开的阶层来说，分分秒秒都是银子，不值得为吵架斗嘴浪费时间。

时代的发展，使得计时器本身不值钱了。只要我们抬头去找，是地方就能见到钟。戴不戴手表再也不是有钱人的专利，现在的小学生都戴手表，坏了就扔，有时候还没坏，就不知扔哪去了。值钱的已是计时器之外的东西，首先是时间本身，一寸光阴一寸金，这个古老的比喻，正在由夸张变为现实。其次，流行的是什么情侣表时装表，以及那种硬是把宝石镶上去的，或是镶上某某伟人头像的手表。昂贵并不是因为这表准确不准确，或者经用不经用。用来计时的手表正在变成一种奢侈品，甚至变成一种收藏起来为未来服务的文物。

二十年前还不是这样，记得那时候我去一家小工厂当工人，同时进厂的是一批中学刚毕业的年轻人，其中一名小伙子是乘着父亲单位的小汽车去的，当时就成了小厂里议论的重点。另一位被大家津津乐道的是一位女孩子，她也没什么出奇之处，能引起工人们广泛兴趣的，不是因为她长得漂亮，而是她戴着一块手表，一块配着金属表带的男式表。在那个特定年代里，刚毕业的中学生戴手表，几乎和坐小汽车一样露脸。我就听见不止一个工人谈起过那位女孩子的男式手表，当我写这篇文章的时候，充满了羡慕的咂嘴声，仿佛又在我耳边响起。

在那个时代，是一个时间多得恨不得拿来送人的年月，时间从来也没有这么贬值过。既然工人们把年轻人有没有手表看得那么重，一直到进厂的第二年，我才悄悄地买了一块手表塞在口袋里。至今我仍然保持着要把手表揣在口袋里的习惯，这习惯也许是一种潜藏着的记忆。因为我当时实在不想让那些吃辛受苦的老工人用异样的眼光看着我，年纪轻轻就戴个手表很有些耀武扬威的意思，我这人从小就害怕引人注目。

不管现在的人相信不相信，二十年前的年代就是那么穷那么寒酸。从我家骑车去远在郊区的工厂要四十分钟，那年头从来不堵车，我按老时间出门，就不可能迟到。到了工厂以后，换上肮脏不堪的工作服，我是钳工，将袖子捋老高地干活，因此我的手表几乎一直是在口袋里睡大觉。

有没有手表真的不是太重要，我已经习惯了在固定的时间醒过来，每天事实上只是在临上班前，匆匆瞄一眼床头的小闹钟。车间里在固定的时间会铃声大作，提醒你吃饭或者下班。路途太遥远了，午休的时间只有半小时，勉强可以完成吃饭，因此所有的工人都在厂里凑合着吃一顿。我成天和机器打交道，自己也就和一部机器差不多。除了上班，我便毫无目的地胡乱看书，那年月已是“文革”的后期，家里又开始雇用保姆，那保姆和今日常见的小保姆不一样，绝对认真负责，什么事都用不到你烦神。

我看了许多书，什么书都看。上班之外，没有别的消磨时间的事可做。没有电视，没有流行歌曲，也没有什么体育比赛。英文中把消磨时间称之为“杀时间”，一个杀字十分传神。这几年新流行的词是休闲，就其本义来说，休闲恰恰是说明现代人太忙。休闲是一闲对百忙的意思，而我在那时候，闲得却是货真价实。我一本接一本地看书，目的不是想学些什么，因为我没想自己日后会上大学、会读研究生、会当作家，读书只是纯粹意义的消磨时间。南京的酷暑大名远扬，当时也没有什么电风扇，我年纪轻，不在乎热，别人在外面聊天纳凉，我照样在台灯下面读小说。

一个人意识到时间的存在，也许并不一定是件好事。如果我们能在意识到时间之后，再彻底把时间给忘掉，其实比什么都好。人只要活得充实愉快，就不存在浪费时间这一教条的说法。当时间流逝以后，我们将发现自己永远顾此失彼，我们得到什么的时刻恰恰意味着同时正失去了什么。多少年来，我一直向往着这样一种生活，我向往着所有的计时器都停止运动。人们将最充分地放纵自己，一切都按照本能去运行和操作，饿了就吃，困了就睡，想干什么就干什么，人人都按照自己的生物钟行事。这种浪漫主义的想法自然是行不通的，但是我觉得要是有机会想象一下这些不切实际的念头，对时间的看法，说不准就会产生一些和传统的观点截然不同的东西。

鲁迅先生关于时间的看法，曾经被很多人当作格言来督促自己。时间是海绵里的水，只要用劲挤，总还是有的。这话在我身上，好像也屡屡起过作用。我初次意识到时间的重要，是在决定考大学以后。记得当时高考刚刚恢复，一下子为数众多的人都做出了近乎统一的决定，就是发了疯似的要上大学。考大学成了时髦，只要是所学校便可以成为考场，霎时间，多少有些想法的人，都把高考当作改变自己现状的重要机会。大家赤膊上阵，在考场这条窄窄的羊肠小道上拼个你死我活。那段日子里，我常常掰着手指计算，随着考期临近，下班回来，我把能属于自己的时间，分成若干小节，然后在不同的时间里看不同的书。这种临时抱佛脚的考试差不多要了我的小命。

进了大学，我产生的第一个念头，是没必要做一个书呆子似的好学生。很多大学生都想把被“文革”耽误的青春追回来，都想一口吃成一个胖子，都想成为陈景润似的人物，但是很多人一直到大学4年级的时候，才明白逝去的青春是补不回来的。昨日之日不可追，今日之日须臾期。时间在那个特殊的年代里，对一代即将告别青春的年轻人来说，显得从未有过的昂贵。大学里规定晚上十点钟熄灯，用功的同学熄灯后，就跑到厕所里去苦读。附带说一声，男生宿舍的厕所臊味臭气熏天，给人的感觉，是擦一根火柴就能点着。

自从开始考大学，多少年以来，我对于时间，应该说是抓得比较紧的，当然还谈不上把时间海绵里的水统统挤干。水至清则无鱼，我只能说是尽可能对自己有个要求。很多事对于我来说已经成了习惯，除了读书写作，我大约没别的什么爱好。吃喝玩乐我一样也不在行，而且我讨厌一切例行假日。星期天的即将来临，往往影响我的创作激情，一想到这一天孩子不去上学，妻子要在家收拾房间，还要去父母那里尽儿子的义务，我常常会有一个字也写不出来的恐惧。过年过节也是种多余，说实话，我并不是觉得时间昂贵，才去珍惜它。我所做的，不过是尽量把时间花在自己喜欢的事情上。正因为如此，我最怕耽误别人的时间，也最恨别人耽误我的时间。前人已说过这样的话，耽误别人的时间是谋财害命，耽误自己的时间，则是慢性自杀。

清代学者魏源曾说过，志士惜年，贤人惜日，圣人惜时。这话多少有些矫情和夸张，不过用来骗骗自己也未尝不可。人类对于时间的态度，想到了总比不想到好，少浪费总比多浪费好。甚至像把钟拨快些这种幼稚行为，也没什么错的。人不可能走在时间前头，无论怎么珍惜也还是免不了浪费。不管我们为时间贴上了什么金，不管我们怎么夸张地形容它，我们仍然永远不是时间的对手。我们要做的，也许只是偶尔能够设想一下时间这玩意的存在。

等剃头

小时候，我和小伙伴们最喜欢一起去剃头。人多要排队，我们就坐在长凳上聊天。聊到有趣的地方，剃头师傅对我们大喝一声："喂，剃不剃？"于是赶紧坐上去，一个被剃头，另一个便在一旁十分专注地看。事先说好了不许捣乱，剃着剃着，半边脑袋低下去一块，被剃的人自己看了滑稽好笑，旁边看的也觉得好笑。剃头师傅火了，恶喝道："有什么好笑的。"忍住了，想不笑，可是过了一会儿，又笑起来。

剃头师傅是一个胖子，样子凶，其实并不凶。他看着我们长大，动不动就提穿开裆裤时候的事。我们看着他越来越胖，越来越老，不能再剃头，自己也就从少年变成了青少年，变成了青年。到了懂得要臭美的日子，我们开始去稍远一些的理发店，一样地剃，收费却高了许多。

旧书上曾有文武理发店之说。所谓文者，是指吹烫全套现代化；武者，推拿和敲打全身。理发店是让人焕然一新的地方，但也经常会发生一些不干不净的事情。最极端者是带有色情意味的发廊。旧时专为女人做头发的师傅又被叫作吃女人饭的。女人为了烫头发时价格便宜一些，或者为了式样时髦一些，常常不惜打情骂俏。剃头师傅趁机揩油吃豆腐，自然也就在情理之中。

过去理发店常用的对联是，“不教白发催人老，更喜春风满面生”。从理发店里走出去，顿时焕然一新变了个人。尽管不是每次都变得更好，但大多数的人是会满意的。不知道别人是怎么想，反正我每次理发，绝不仅仅是因为头发长。我很愿意把理发理解成为一种仪式。每当我开始一篇新的小说，或是小说写到一半不顺利的时候，便去理发店。

已经许多年了，我都是去家门口乡下人开的理发店。发型也是多少年一贯制，将就着是小平头就行。现在的人太多，并非过年过节，理发店里也人满为患。虽然就在家门口，有时候也不得不等一小时。这一个小时未必就是真的耽误，人闲坐在那里，脑袋却不一定要真的闲着。这时候是大脑思维最为活跃的时刻，用来构思小说，往往会有奇思妙想。有的作家喜欢在咖啡馆里写作，道理其实和在理发店里构思小说一样。毫不相干的人，在你身边说着和你毫不相干的事，你会感到一种局外人的孤独。局外人的孤独，是小说家的摇篮。

我现在去的那个发廊，男客多是建筑工地上的民工，女宾则是周围的市民。不知道那些剃光头刮胡子的老人一个个都跑哪儿去了，发廊什么样的人都有，就是没老人。现在年轻的民工，都爱剃香港歌星的发式，一个个都有些像郭富城。发廊的墙上，是地方就是港台明星的照片。发廊一台录音机里常放的是真正的流行歌，电视连续剧的插曲，进入港台排行榜的金曲，发行量逾一百万的《东方红》。通过发廊这个窗口，该看到的东西都能看到。对于有心好好地观察世界的人来说，发廊同样是测量世风变化的温度计。

有个女士反复使用一种据说也是名牌的摩丝，一头秀发已经完全变成了棕色，就像一头枯草，风大一些都能折断。名牌的摩丝能糟蹋女士的秀发，伪劣的护发用品后果就更严重。小贩们时常在理发店的门口推销一种出厂价的洗头膏和护发素。记得我们小时候去理发店，洗头就用那种黄黄的碱性很重的洗衣服肥皂。现在都改洗发水护发素了，有一次，师傅替一位小姐洗头，洗到一半，良心发现地对小姐说："下次你自己带洗发水吧。"小姐说："你的洗发水有什么不好。"师傅说："要好，我还会这么对你说？"

最能让人感到人情味的，是一位大腹便便的少妇闯进来剪头发。这是一位年纪还轻已经到了预产期的孕妇，近乎不讲理地走了进来，挺胸抬头，也不管排队不排队，像鸭子似的摇到椅子前，十分小心地坐下。即将为人之母的幸福感洋溢在她的脸上，她关照师傅替她把一头披肩的秀发剪短，如果不是做母亲，年轻的孕妇说什么也不会剪去引以为骄傲的长发。孕妇的母亲赶了来，她不放心地看着自己的女儿，怪女儿不该一个人跑出来。孕妇的母亲告诉师傅，说已经和医院联系好了，今天就去住院，她女婿弄车去了。师傅生怕伤着孕妇，小心翼翼地剪着头发，说："弄什么车，打的不就行了，到这时候，还省这钱。"

孕妇的母亲说："不是为了省钱，我女婿的哥哥就是司机，是一辆好车，局长专坐的。"

自行车的前思后想

我所居住的城市，是个保守的城市。虽然也是省府所在地，而且是昔日国民党的故都，但一切生活节奏，都比别的大城市慢半拍。居住在一个保守的城市里，耳闻目睹保守的空气，人也会变得保守一些。

保守的人通常喜欢回头看世界。当我们引颈往前看的时候，我们的眼睛忍不住就会红起来，我们忍不住羡慕别人的发展，羡慕那些我们没有见识到，或者说我们暂时还不能享受到的物质生活。无欲则刚，无钱心慌，在一个物质充分膨胀的社会里，往前看是难免的，但是不时地回头看几眼，也不失为一种很好的心理安慰。

有机会去了一趟新加坡和马来西亚，见到的作家，几乎全拥有私人小汽车。过去在电影或电视上，早知道发达国家的洋人都这样，这一次看到海外的华人也这样，原来以为会有的嫉妒，一点也没有。大家都有车，其中有一位作家没汽车，反而显出了个人特色。干吗非要和别人一样呢。有车阶级当然有有车的好处，懂行的，会在别人拥有的汽车中，比较牌子，斗出富来，比出官大和官小。我是一个保守的城市里出来的保守分子，总觉得有车坐就好。往近里说，口袋里有些小钱，出门坐出租不心疼，就已经很快乐。

出行有车是一桩很露脸的事，起码目前在中国是这样。有些人削尖了脑袋，目标只是为了混个能坐车的一官半职。老同学从深圳来，说一些曾经出入有车的人，一旦失去了坐车的机会，宁愿走路或者挤公共汽车，也不愿骑自行车进出机关。既然坐小车露脸，不坐小车便丢脸。从四个轮子退化到两个轮子，这种官场上的失败感大约很难忍受。

几年前，和家父进京看一位家父的老友，谈话中，讲起家父熟悉的一批作家，说只有谁谁谁还没当官。说谁没当官，既是夸奖也是感叹，没当官是真名士，当官的也没错。北京太大，作家的年龄也越来越大，当官是假，出行有车方便一些是真。和国外的作家座谈，谈到中国作家拿薪水，都说这是社会主义的优越性，其实中国的作家还能当官，当了官就有车坐，就有好房子住，这才是真正的优越性。

幸福是一种比较。中国最初拥有私人轿车的人，心里一定感觉良好。时至今日，私车自然比拎着个大哥大更显出大款本色。我想起了读中学时，一位同学家里有辆自行车，就因为只有他一个人拥有，几乎整个学校都嫉妒他。那辆半新不旧的自行车，害得许多同学都涎着脸讨好它的主人。我的不少同学就是借助这辆自行车学会骑车的，记得同学们排着队，在操场上等待着自己的机会。远远地有女同学看着，轮到骑车的男同学骑在车上，挺胸抬头，搔首弄姿，故意不朝女同学看。

我生长在一个经济十分宽裕的家庭里，但是我的父母在我读中学时，从来没想到过要为我买一辆自行车。我读中学小学那个年代，贫穷是一种光荣，我的父母绝不会让我先别人一步享受富裕的幸福感。相反，为了表示和别人家的孩子没区别，甚至都不让我穿高档一点点的衣服。一直到大学毕业，我才开始穿第一双皮鞋，而且还是猪皮的。除了在“文革”最糟糕的几年里，我们家一直有保姆，为了怕别人知道这一点，我不得不告诉同学保姆是自家的亲戚。虽然我最怕做家务事，可有人伺候当然快活，因此小时候一直认为家里有保姆是不对的。保姆是劳动人民，而我们家却有资产阶级的嫌疑。

我所接受的少年教育，其中最重要的一条，就是不许摆阔。不摆阔，用今天的话来说，就是不要冒富。我的父亲屡屡教导我，千万别觉得自己和别人不一样。别人还没有的东西，自己别急着有。我的父亲似乎不太明白幸福是一种比较，古谚云，富贵不还乡，如锦衣夜行，有阔不摆，有富不冒，过了这村就没这店。如果我在读中学的时候，就能拥有一辆自行车，那么获得女同学青睐的显然该是我了。如今的中学生差不多都骑自行车，要想有同样的效果，非得有一辆小汽车才行。

今天看昨天，等于若干年以后看今天。真到了那一天，大家都拥有了小汽车，斗富摆阔又一定会变出新的花样来。想明白了这道理，富不富阔不阔，也就那么一回事。我是在浙江大学图书馆的过道里学会骑自行车的，仍然是上中学的时候，骑着一辆女式车，沿着长长的过道，东倒西歪，不到两个小时，竟然学会了。记得当时很兴奋，肆无忌惮地在浙江大学的校园里横冲直撞。几天以后，我随着伯母又到了浙江上虞的春晖中学，住在夏丏尊先生的故居里。夏先生和我祖父是老朋友，我的伯母是他的小女儿，我这次有机会去浙江，就是为了去探访著名的春晖中学。

很多年以前，春晖中学聚集了一批文化名人，尽管只是一所普通的中学，而且远离城市，在这教书的，除了夏先生、朱自清和朱光潜，还有丰子恺和匡互生、刘薰宇。这些一度大名鼎鼎的人物，为了躲避城市生活的喧嚣，都跑到这里来立志教育。教育救国从来就是一个浪漫主义的故事，我们不能以成败论英雄，来肯定或否定这故事。

留给后人津津乐道的，是这个风景秀丽的地方，为什么曾经高人雅聚群贤毕至。春晖中学完全可以在中国的教育史上留下一笔，因为恐怕很难再找出一所竟然会有这么多大腕级名人当教师的中学。名师出高徒，从春晖中学出来的有名气的学生中，谢晋可以算上一个。因为他的缘故，许多片子都以风景秀丽的春晖中学为外景地。“文革”后期的《春苗》，后来的电视连续剧《围城》，都是在这所学校里拍摄的。

我到达春晖中学的那一年，是高中毕业前夕，正是开始写诗的季节。我在春晖中学的操场上，骑着自行车，一遍又一遍地兜圈子。显然我知道了一些同年龄的人所不能知道的事，而我正是被这些过去了的事所吸引。这所田园一般的学校本身就像一首诗，校园就藏在田野和湖水之间，根本用不到什么围墙。我骑着自行车兜来兜去，目的已不再仅仅是过刚学会骑车的瘾。

迎着晨雾，穿过晚霞，事实上我正在寻章摘句，拼凑一首非常拙劣的小诗。历史上的人物，重现在我的面前，我想象着在几十年前，一个身着长衫戴着礼帽的读书人，正从晨雾或晚霞中走出来，可能是朱自清先生，也可能是丰子恺先生，他们什么也没说，就从我身边走了过去。他们会不会骑自行车我不知道，但我知道他们都不是拥有小汽车的阶级，他们之所以成为人物，也许就是因为他们不曾拥有小汽车。

把历史上自己崇敬的前人，和自行车小汽车联系在一起，是个很荒唐的想法。在这个世界上，所有的人，都是匆匆过客。斗富摆阔的人，朝朝代代都会有。物质的世界越繁荣，我们越是为物质世界所累。出行有车，客观上是我们衡量一个人是否成功的标志。我们起先羡慕两个轮子的自行车，以后我们又看中了四个轮子的小汽车，再以后我们还将为小汽车的牌子费心。人的野心无穷无尽，不管我们是否明白道理，我们注定不能摆脱掉物质世界的诱惑。事如芳草春长在，人似浮云影不留，能不能摆脱另当别论，我们时常想到摆脱一下，说不定就是件好事。

电视的话题

我最早见到的电视是三十一年前，自然是在祖父的家里，那种老式的电子管电视机，很大的一堆，屏幕却很小，好像是 14 寸。那时候我还是个学龄前儿童，对电视节目已毫无印象。我的印象只是一打开电视，就有许多不相干的人跑来看。那是记忆中的一个热闹场面。祖父是老派的，电视既然开了，就不许撵人走，不管这些来看电视的是什么人。

祖父住的是四合院，来看电视的大多是孩子，不敢到客厅里去坐，就都站在过道里。又因为是孩子，看电视时当然不肯老实，除了叽叽喳喳地说话，弄不好就挥拳头打起来。一打自然就乱，就要流血，只好站出来说话和干涉，让他们别打别吵。于是开电视成了一桩淘气的事，一次两次是这样，三次四次依然如故，老是这么乱哄哄的，惹不起躲得起，干脆不开电视。

祖父家的电视，多少年来，一直放在那儿是个摆设。过年过节，偷偷地打开刚看上一会儿，前来负责侦察的小孩子已爬到了屋顶上，一旦发现正看着电视这个秘密，立刻到处通知。转眼间，成群结队的孩子涌了进来，门即使闩着也没有用，小孩子既然能爬到房顶上去，再跳下来开门易如反掌。有一年冬天正下着雪，过道的窗台上冻着一大堆红红的柿子，等电视播完了，院子里的雪地上，到处扔的都是耀眼的柿子皮。

粉碎了“四人帮”，祖父家买了第一台彩电，这以后，我们自己的家也买了一台彩电，二十寸的，价格是三千元，用的是我父母在“文革”中被扣发的工资。记得高晓声来我们家，感叹地说：“三千块，要是给了农民，要盖三间像样的瓦房了。”那时候的三千块实在是笔不小的数目，比今天的三万块都管用。彩电买回来了，我们几乎立刻就遇到了祖父家同样的烦恼，那就是稍稍有些好节目，便有许多人要来看。唯一不同的是，来看的都是熟人，是成年人，有的是邻居，有的却是邻居的邻居。

那时候的电视节目还不丰富，不至于为看什么频道吵起来。然而坐了一房间的人，像是一座小电影院，且不说人走了需要打扫，就是在看的过程中的议论，就有些让人忍受不了。有的人天生喜欢在看电视的时候高谈阔论。电视这玩意本来就是专门为家庭设计的，然而在电视不普及的年代里，电视机的存在恰恰造成了一种对家庭的外来入侵。电视把本不受欢迎的客人吸引了过来，这些客人并没有意识到自己是在入侵，他们在看电视的时候反客为主谈笑风生，根本不把主人放在眼里。

我的父母经受过“文革”的考验，十年动乱又刚刚过去，他们心有余悸，一肚子不痛快，不得不笑脸相迎，就怕得罪了谁再一次记下仇。有钱买彩电在当时也并不是什么露脸的事，穷便等于无产阶级，有钱则是资产阶级，这种观念在今天的年轻人那里已经陌生，在当时的人们心底里多少还有些残余。总之一句话，你买了彩电，自己先觉得错了。因此我母亲总是向人解释，说要不是“文革”扣发了工资，要不是拨乱反正补还了工资，根本不可能买得起这样贵的彩电。记得那时候，别人来看电视，我父母不仅要以烟以茶相待，而且还要为那些不抽烟的人准备好瓜子和花生。

就是这样也还是不行，因为心里的不痛快是掩不住的，弄不好就会露出一点。来看电视的人也很明白，你越客气，越觉得你是装出来的。你怕来者不高兴，来者更怕你不高兴，大家小心翼翼，仿佛都暗藏鬼胎，不知不觉地已经得罪了人。别人有电视，自己家没有，这心里事先已有些不平衡，大家都是人，凭什么你有我没有。我们家是住在一个剧团里，来往的都是演员，演员中实在不缺乏那种分田地均富贵的人，“文革”中跳得最凶的就数他们。在运动时批判别人是假，批判别人其实是为自己抱屈。演员的一个重要能耐就是可以把什么都当作演戏，心里明知道上门看电视主人会不乐意，正是因为想到你会不乐意，就偏偏要闯进门去。

好在彩电的发展很快，而且几年后，价格几乎跌了一半，后来虽然又加价涨了一点，毕竟是电子产品，挡不住越来越便宜的事实。彩电已经成了平常百姓家里的必需品，第一代二十寸彩电正在被直角屏幕的画王所替代。大家口袋里的钱也越来越多，人们虽抱怨物价涨得太快，可谁都知道今天的日子过得比十几年前好，而且好得多。彩电开始真正成为家庭中的成员，人们通过彩电来了解世界，通过彩电学习和消磨时间。

电视的普及，已使我们这个时代整个发生了变化。电视带有强迫色彩地在告诉我们一切，也正在成为一代人的教科书，它既生硬同时又生动形象地启着蒙，很多人都是先看到了电视上的飞机、电视上的外国、电视上的奇风异俗，然后才有机会亲身体验它们。甚至对于人的一系列本能活动也是如此，在还没有懂得爱情之前，先从电视上知道了朦朦胧胧的爱，还不知道接吻是怎么一回事，便模仿着电视进行了尝试。

我的祖父生前曾和我谈起过蒸蒸日上的电视时代。他直觉地认为电视不是什么好东西。作为一个年老眼花而且有几分固执的老人，他认为电视给人带来的东西和失去的一样多。大家都把时间花在看无聊的电视上面，从电视里得到一些最肤浅的东西。他这种保守的观点多少年来一直影响着我。

事实上，电视在带给我们丰富的知识时，也正在使我们的思维变得单一。电视上是怎么说的，常常成为我们判断是非的标准。等到我们开始对电视产生怀疑的时候，通常的情况下，我们已经受害匪浅中毒太深。我们的觉悟，无疑要用巨额的学费来做代价。每天晚上睡觉前，我们为看过的电视太无聊而深深懊悔，第二天却可能跌入同样的怪圈。漫长的电视剧像职业杀手一样，十分老到地谋害着我们的宝贵时间，不仅如此，它还引起了家庭中的战争，它使得恩爱夫妻为了不同的嗜好反目，使得父母和子女为了抢占频道喋喋不休。

电视让赤裸裸的世界展现在我们的面前，近得一伸手似乎就能摸到。我们仿佛可以听到世界的喘气声，某某地方正发生着战争、骚乱、自然灾害、狂热的足球比赛。我们坐在电视机前，喝茶、聊天，注视着和我们未必有关系的世界上的变化。新闻这个词，就是因为有了电视，才体现出了它真正的意义。布什和萨达姆在同一个时间被拉到了电视屏幕上，他们让世界注视他们，像议论球队一样对他们的行为进行猜测和评价。海湾战争从酝酿到爆发到结束，所有这些，好像都在我们的眼皮底下进行。电视正在使得这个世界越来越没有秘密可言，而我们也好像因此多了一只用来窥探世界的眼睛。

电视的有趣和电视的无聊，形成了尖锐的对比。不管我们是喜欢还是不喜欢，我们将发现事实上人类已经离不开电视。电视一旦出现，就不允许我们忽视它的存在。电视占据了我们的时间，在空间上也寸土必争。它理直气壮地占据着客厅或者卧房，堂而皇之地位于最显眼的地方。电视的话题无意中就会在我们的嘴里流露出来，我们对电视节目喋喋不休，或者进行恭维，或者进行嘲笑，甚至进行最尖刻的批判。电视成了我们生活的一部分，这个由电子元件组成的机器，不仅扮演着情人和第三者，而且可以使家庭中的人际关系达到一种新的微妙平衡。它能使家庭分裂，又更能让家庭弥合。夫妻间一场无谓的争执，说不定会由于一部通俗的爱情喜剧的感染，或由于对一部蹩脚的肥皂剧的共同谴责，使原有的怨气顿时烟消云散。在过去的时代里，夫妻间的战争，通常只有在床上才能最终解决。

1994 年 6 月 14 日

二十年前的求偶

写下了这不伦不类的题目，暗自好笑。二十多年前正是我上中学的时候，“文化大革命”已到了后期，那年头，作为中学生的男女之间都跟有仇似的，绝对不会打招呼。那年头的本人即使是有求偶之心，也没什么可记的。我要说的是一个熟人的故事，一个弹古琴的人的求偶。

这个人叫郭晓，在区文化馆工作，就住在我们那条街上。人长得很一般，不是什么英俊小生，也不丑，更没什么残疾。那时候大约三十出头，很多熟悉的人都热情地帮他介绍对象。我从来没见过会有那么多的人如此关心一个人的婚事，我记得当年，几乎所有提到郭晓的人，都要谈论他的婚事。

郭晓的婚事非常艰难。他给大家留下了迫不及待的印象。我母亲，我父亲，周围的邻居，包括我们家的保姆，都不止一次为他做过红娘。可是他的事总是老大难，女人和他见了一次面，无一例外不想和他继续来往。他显然是个书呆子似的人物，应该叫琴呆子，因为他也不看什么书。他玩的古琴是一个不怎么吃香的乐器，弹的曲子更是没人要听。

我们家的保姆去粮店买米，看见一个姑娘似乎还顺眼，付了钱，不把米扛回来，却叫郭晓去帮她扛。郭晓把米替她扛回来了，保姆问他，称米的那个姑娘怎么样。郭晓说他没注意，又说粮站里有好多女人，他不知道说的是谁。保姆说，当然是年轻的，没结过婚的那位。郭晓立刻缠着要她替自己介绍，保姆就说："你这人真呆，我要不是这意思，让你去扛米干什么？"

郭晓给我们这些即将毕业的中学生留下了一个花痴的印象。至今回想起来，我仍然不明白，他当时的婚事为什么会那么困难，为什么女人偏偏就是不喜欢他。我们常常看见他在大街上追逐女人，不是那种小流氓似的追逐，而是一种莫名其妙的盯梢。他总是无望地跟踪那些已经拒绝他的姑娘，远远地跟在后面，想打招呼，又不敢打招呼。那段时间里，求偶成了郭晓的首要任务和唯一的中心思想，他仿佛就担心自己找不到老婆。

郭晓的故事成为整条街上的笑柄。他身上的荷尔蒙可能多了一些，欲速则不达，越急越没戏。那时候，无论让郭晓做什么事情，只要说为他介绍对象，肯定会俯首帖耳。这状况持续了整整三年，他终于找到了一个女人做老婆，这女人是离我们一站路外的布店营业员，长得不漂亮，人很白，表情十分严肃。郭晓找老婆太难了，因此他的婚礼几乎成了我们那条街上的大事。

认识没多久就结婚，结婚没多久就吵架，郭晓的老婆很快就和他闹开了。郭晓脾气出奇的好，由她去闹。大家不明白的只是那个长得白净并不漂亮的女人为什么老要闹。终于有一天，郭晓受不了，跑到我们家来诉苦。这也许是他仅有的一次诉苦。他说他是找了个外国女人。这说法很荒唐，后来才明白，所谓外国女人，是指老婆太浪漫，结婚没多少时候，就让郭晓发现她过去有过情人。郭晓的老婆结婚以后再也没和情人有过来往，但是有个坏毛病，总拿郭晓和她的旧情人相比，她永远都觉得郭晓不如她的旧情人。

郭晓总是让着老婆，因此落了个怕老婆的名声。郭晓的老婆有一种自以为是的清高，她永远觉得一条街上的人都俗气，都欠她什么。郭晓忍气吞声，终于让她怀了孕，做了母亲。孩子出世以后，照顾小孩的工作几乎落到了郭晓一个人身上，他老婆打扮得漂漂亮亮，有时甚至花里胡哨，目中无人地从大街上走过。郭晓越是迁就她，她越是看不起郭晓。

多少年来，我们那条大街上的人，都觉得郭晓的婚姻不美满。很多人都从内心里为他打抱不平。二十多年过去了，郭晓没想到过离婚，也很少对妻子有过高声。他已经习惯了忍受，忍受成了他生活的一部分。有过许多传说，有人说郭晓的老婆并不像她表现得那么正经，并且举例说明。有人看见她在布店里和男同事调情，她似乎是主动的，说下流话比男人还厉害。

郭晓的儿子跟父亲学过几天古琴，他母亲不让他再学，也就没有继续学下去。这孩子后来考上了名牌大学，是我们那条街上最出色的小孩，有这出息当然和郭晓的含辛茹苦分不开。我们偶尔谈起郭晓，都觉得他这人生来就是准备爱一个女人的，他准备了许许多多的可以给女人的爱，然后把爱奉献给他偶然遇上的女人。是哪一个女人并不重要，无论是谁都一样，谁遇上了是谁的运气。女人通常傻得很，她们最容易忽视这种爱。女人往往和男人一样，忽视的都是些最重要的东西。

爱是单纯的，无所谓目的，无所谓回报，也无所谓崇高。爱本身就是一种荷尔蒙，人们通常都以为只有被爱才幸福，都希望别人能爱自己，事实上，能主动地爱别人才是真正的乐趣。爱不可能越俎代庖，郭晓充满了太多的爱心，一个女人能让他释放爱的能量，这就足够了。别人怎么想，没任何意义。一个有爱心的人，用不着去思考别人会怎么想。

1995 年 9 月 30 日

学抽烟

抽烟的人，恐怕都有一个学抽烟的过程。抽烟不是什么难事，然而的的确确还得学一学。我属于那种资质不好的人，学抽烟，前前后后无数次，至今也不过是写作时，随便点一支在手上装腔作势做样子。有的人闭着眼睛，能抽得出什么牌号，真货假货一口就知道，不像我，远不知道香烟的优劣，好烟坏烟在嘴里都是差不多的味。

不知道我这样的人能不能算烟民，我和香烟似乎一直没缘分，而且压根讨厌公共场所的烟雾，绝对赞成像林则徐禁鸦片那样禁香烟。还是孩子的时候，一起玩的伙伴抽丝瓜藤，我跟着尝过几口，除了不停地咳嗽之外，没留下别的印象。上中学下农村去劳动，那是学抽烟的黄金时代，我们那个小组只有我一个人是例外。打了一大排地铺，都睡在农民家里，去小店里买了劣质的香烟，劳动归来，哼着那个年代称之为黄色歌曲的情歌，哥呀妹呀地喊着，东倒西歪躺在地铺上，你一支我一支，扔过来扔过去，吞云吐雾，满房间的烟雾，仿佛是失了火。

抽烟应该是男子汉的专利，有人特别讨厌女人抽烟，说女人抽烟，就和男人不抽烟一样难看。这观点我不赞成也不反对，漂亮的女孩子抽香烟，多少有些煞风景。没办法想象林妹妹和宝姐姐是如何抽香烟。当然女作家和女强人例外，这些人是女人中的男人，她们不抽烟谁抽烟。

说男人不抽烟难看，这话有点岂有此理。然而抓支烟在手上，的确能多几分男子汉气。我觉得许多人学抽烟，往往从想表达自己的男子汉风度开始。我的很多朋友都是中学时代开始学抽烟的，记得那时候在农村劳动，班上的大部分男生都抽烟，不抽烟便明摆着反潮流。我因为实在不想咳嗽，坚决不抽烟，很有一种对不起大家的内疚和恐慌。抽烟在当时意味着一定的冒险，不抽烟，便难逃向老师告密的嫌疑，要想证明自己不会当叛徒告密，最好的选择是入乡随俗，跟着大家一起抽烟。

退求其次的办法是去买两包烟来请客，先把毒害青少年的罪名承担下来，想告密也不敢。还有一个最不像话的出路，这就是去做一回贼，递一个投名状。因为大家只是在学抽烟，又都是躺在稻草铺的地铺上，烟灰落下来，床单上烫了一个个洞，避免的办法是去镇上的馆子里偷几个酒盅来当烟灰缸。我果然去偷了不少酒盅，一人发一个都嫌多，贼的罪名远比偷偷地学抽香烟更大，我因此得到了大家的称赞。

香烟往事

说老实话，我不赞成什么繁体字，尤其不赞成恢复。也反对再简化，错也好，对也罢，以不折腾为最好。有个朋友在台湾出书，题词是“献给少女××”，印成繁体字便是“獻给少女”。这个“獻”很像兽的繁体字“獸”，看惯简体字的都会觉得别扭。

习以为常，语言文字这玩意，有时候只能认同习惯。又譬如日常抽的香烟，大陆人很少去想繁体字应该如何写，上网浏览常可以看到“香煙”，这两个字大陆人认识，港台人也认识，只是莫名其妙。香烟的繁体字应该是“香菸”，“煙”和“菸”是不相关的两个字，“煙”是雾状气体，“菸”的本义是一种草本植物。所以在香烟壳上，“台湾烟草”是“台灣菸草”，特别要注意这个“台”字，繁体的“臺”笔画多得让人绝望，连台湾同胞都受不了，只好也简化了。

我认识“香菸”是后来的事，长在红旗下的人很容易误读为“香竽”，看上去怪怪的，有股旧社会发了霉的味道。香烟二字是不折不扣的新社会产物，当年读过的那些繁体字旧小说中，“香菸”两个字并不常见，也难怪我会不认识。屡屡跳入眼中的只是“煙土”

和“大煙”，偶尔还会看到“淡巴菰”，因为不常见，难免相见恨晚。

印象中抽烟是件很快乐的事，譬如我父亲当年抽烟，只要是没抽过的，都忍不住要尝一包。作为一个不懂香烟品质的外行，我非常怀念物质匮乏年代的抽烟，就像谈恋爱一样，那年头抽烟要淳朴得多，不像今天动辄高档天价，掏出来不是苏烟，就是中华，都是好几十大洋，给人感觉整天鱼翅海参，天天都这样，还有什么意思。

父亲在世，很怀念没钱抽烟的岁月，那时候有包好烟，甚至只是一根好烟，恨不得先跪拜再慢慢享用。我在工厂当工人，师傅们坐下来休息，掏出香烟挨个发，仪式十分庄重。饭后一根烟，赛过活神仙，当时的潜规则是轮流，这一轮我，下一轮就该你。当然也有人喜欢死皮赖脸，于是大家公开调笑，或者干脆强行搜身。记得一位师傅当众掏出香烟，取出一支自抽，然后把烟壳一捏，随手扔进垃圾箱。等大家散去，他再去垃圾箱把捏瘪的烟壳找出来，原来里面还藏着两根烟。

当年一根烟就能调动积极性，上馆子，去后堂给大师傅敬根香烟，立刻加倍努力，立刻精益求精。烟调剂了人类感情，胶水一样把烟民粘起来，因为物质匮乏，一包烟能办很多事。现在却完全不同，小区周围到处都是回收高档烟的小店，一位老烟民抱怨，说送礼把烟的品质给弄坏了。自己不掏钱买，感觉就跟着迟钝，好坏也没太大区别，反正就一个字，贵。

2009年5月2日

香烟往事续

写过《香烟往事》，这篇是续。那篇文章谈到香烟价格，一个“贵”字让香烟有了许多不是。毫无疑问，烟有好坏差异，应该有价格的不同，动不动来个天价，非要区别平民贵族，起码在我这外行看来，有些岂有此理。事实上，一个渴望抽烟的人，有没有烟抽，远比烟好烟坏更要紧。

我当工人那年头，是男人都会抽烟，仿佛如今工地上的民工，歇下来你一根我一根，习惯成自然，不这样便不像爷们，不这样就不能与弟兄们打成一片。战场上老兵也这样，临阵冲锋，先掏出一包烟来，一根根发了，烟不够你一口我一口轮着吸，然后勇敢地冲出去，该死就死，该刺刀见红就刺刀见红，三军可夺帅，匹夫不可夺志。

香烟面前人人平等，这只是在过去，今天的好烟实在太贵，一看价格，会立刻想到不平等，想到特权阶层。很多年前去过一家著名烟厂，厂领导说，他们的支柱主要靠大众品牌，那些昂贵奢侈的香烟，不过充充样子。现在便很难说，所有烟厂都有贵得离谱的高档烟。

父亲生前耿耿于怀，想到一事就后悔。那还是我在当学徒的时候，有一次，几位工人师傅来做客，和父亲一起吞云吐雾，谈得很投机，父亲不断地递烟。这期间，又来了一位什么尊贵客人，便和父亲换了个房间说话，来人正好带着好烟，随手递了一根给我父亲。那年头的好烟，也就是带个过滤嘴，具体牌子已弄不明白，不一会客人走了，父亲兴冲冲又来到我们面前，当着几位师傅的面，点上了那根没舍得抽的香烟。当时也没说什么，师傅们都看在眼里。事后父亲非常懊恼，觉得应该解释一下，说清楚这烟是送的，否则别人会想，他怎么可以把好烟留着自己抽，做人不能这样。

香烟会让人走近，也可能造成疏远。很显然，抽烟还是有潜规则，不过凡事皆有例外，规则也是人为，是规则就可以改变，就能打破。现如今递烟已不流行，一根烟已不容易打发人的情感，公共场所到处禁烟，抽烟越来越不自由。另一方面，抽烟也变得更加随意，没有一定之规，譬如我和余华同志就互相觉得对方的抽烟方式不可思议。

多年来，我一直是在写作时抽烟，只要有，什么牌子都能凑乎，平时基本上不碰。抽烟能不能帮助思考说不好，对于我来说，抽烟是一种习惯，更是一种仪式。余华却喜欢在聊天中抽，一本正经写作之际，反倒不需要香烟。在最正宗的烟民苏童同志看来，我们这个都不能叫抽烟，都属于荒唐，都太业余。

2009 年 7 月 11 日

香烟往事再续

很短时间内，连续两次遇到阿来。人生就是如此，好朋友，可以很多年不见面，也可以一年遇上很多次。记得与格非就有过这样的经历，短暂的日子里，连续在多个地方碰面，一会上海、一会北京、一会四川，然后又海南，弄得大家见面便笑，已经烦了，过分了。

两次遇到阿来，都为了做讲座。我本不是能说会道的人，讲座很少，前后不过十天，都遇上阿来，也太巧了。第一次是香港，我排在前一天；第二次在合肥，我上午，他下午。香港禁烟很严厉，到处不让吸烟，那天晚上一起吃饭，烟民梁文道与马家辉犯了烟瘾，坐立不安。

刚戒烟的阿来显然很从容，已经有一个多月不吸烟了，真所谓有备而来。看着想抽烟的人烦躁，他面带微笑，透露出了几分禅意。十天后在合肥，阿来竟然又复吸了，这让人很意外，真是匪夷所思。大约高人就是这样，想吸就吸了，不想吸就拉倒。阿来不当回事地解释说，回家后有人给了几包非常高档的烟，于是就抽了。

在国内，很多公共场所虽然禁烟，其实允许吸，所以阿来又一次中国特色，显得很从容，继续面带微笑，继续有点禅意。在中国不让吸烟，说容易容易，说不容易真不容易。林则徐当年贸然禁了，惹下大祸。有人说这不一样，两回事，不能混谈，仔细想想，也还有相同之处。如果像香港那样禁烟，真金白银的惩罚，梁文道和马家辉只能忍着，阿来也绝对不会复吸。

抗战期间，曾经流行“爱国的人不吸烟，耕地要为抗战生产粮食”之类的标语。宋美龄招待一位美国女士，餐后掏出骆驼牌请吸，女士谢绝，宋一根又一根自己过瘾。谈话很久，那女士终于憋不住，说我其实也吸烟，看到墙上的标语，不好意思吸。宋美龄笑着说，那是给老百姓看的。

这位美国女士回去写了文章，美国人哗然，中国人太喜欢玩特权了。其实这里恐怕也有误解，当年内地更常见的标语，是“禁烟肃匪”，这个禁烟应该是大烟，是鸦片烟。过去说到禁烟，从来都是指吸毒贩毒种罂粟，美国佬喜欢替我们抹黑，显然也是有传统。

宋氏姐妹双雌皆抽烟，都是吞云吐雾的老枪。在网上可以很轻易地检索到她们吸烟的照片，宋美龄是美国派头，玩优雅，仿佛今天女文青。宋庆龄简直就是强悍，仪态坦然，近乎嚣张，完全能与毛主席他老人家和小平同志媲美。蒋委员长很讨厌抽烟，老公不喜欢，宋美龄还能照抽不误，这个不容易。蒋介石竟然可以容忍，也不容易。

2011 年 8 月 7 日

喝醉酒

有一次，在一艘豪华游轮的饭桌上，一桌子的人，除了我，都喝酒。王朔和别人喝干了杯里的白酒，笑着问我是不是真不会喝酒。我说是的，王朔又问我平时玩不玩牌，摸不摸麻将，我老老实实地说："不玩牌，也不打麻将。"王朔于是就笑，说："你除了会写字之外，还会玩什么？"满桌子的人都笑，我也笑。所谓写字，是王朔用来形容作家的词，不是指书法家。我很惭愧，自从用电脑写作以后，都不太习惯用笔写字了。

因为不能喝酒，是宴会就感到累。譬如到了山东，一个个都是梁山泊上下来的好汉，不喝就是不给面子。爱喝酒的遇到不喝酒的，实在煞风景。有一次和权延赤一起吃饭，他看不惯我的熊样，说："没有能喝不能喝的，只有敢喝不敢喝的。"权延赤是作家中的酒坛子，他不说那种不喝就是不给面子的话，好端端的酒，你不敢喝，那是你自己的事，你活该。

我的确是不敢喝酒，因为不能，所以不敢。我的胃太小家子气，见不得酒，喝一点就醉，一醉就吐，一吐便不可收拾。有人逢酒辄醉，所谓醉，不过话多一些，脸红一些，大不了一吐一轻松，吐完了什么事也没有。我的喝醉酒是受罪，受大罪。已经记不起自己喝醉过多少次，上大学的时候，年轻气盛，常常糊里糊涂，说醉就醉了。

难忘的是第一次喝醉酒，太戏剧性，想忘也忘不了。那次是三个人，吃着冰棒，便喝了一瓶白酒，喝过以后，大家都觉得没事。我因为自己从未醉过，傻乎乎以为自己真是好酒量，三两多酒在肚子里，好像还没过瘾，于是又溜到留学生宿舍，捡起一位很熟悉的日本留学生刚开的一瓶白酒，咕嘟咕嘟灌了几大口，然后再悠悠然去上课。

自然没有想到会喝醉，坐在课堂上，兴奋得不得了，也不为什么事，忍不住乱笑。老师在上面讲，我们三个喝过酒的，在下面神聊，声音大得引人注目。大学老师中有那种涵养很好的先生，我们说我们的，他照样说他的。喝了酒胆子特别大，趁老师不注意，我们三个人又偷偷溜出教室，跑回宿舍的草坪打排球，打着打着，酒性上来，我就势往地上一坐，人堂而皇之睡着了。

接下来的丑态只能由旁观者描述，我好几个小时后才清醒过来，自然是吐了，因为醉得太厉害，吐的时候，连伸脖子都不会。因此，只要我一做要吐的样子，我的同学便一把抓住我头发，把我脑袋往外拉。那真叫是醉成一摊泥，好几个同学抬我都抬不动，浑身都是软的，抬这，那边就往下坠。找了辆自行车来，想扶我坐在车后座上，我呼呼大睡，根本坐不住。

我后来也醉过许多次，然而醉得如此险恶，总算没再发生过。那醉，就跟死过去一样，见过我出洋相的，谈喝醉酒，常常要拿我当例子讲。

想读书

我上中学的时候，写作文的话题，经常是批判“读书做官论”，批判“读书无用论”。“文革”中的恶习，动不动就喜欢摆出大架子，说空话说大话。在学校里更是如此，既不好好读书，也不可能好好读书，却一会儿批判读书这样不对，读书那样不对。

很容易的高中就毕业了，数学考的是珠算，匆匆忙忙教的，连除法都没来得及教。待了一年业，终于进一家小工厂当工人。手很快变得粗糙起来，学的是钳工，也没什么难的，手艺活，只要人存心想学，一学就会。

年轻人总会有一些不切实际的想法，因为远离了学校，因为没有书读，突然想起读书来了。读什么书无所谓，只要能重新坐到课堂里去，有书念就行。于是去读夜校，学高等数学。从前读的书实在太少了，一下子接触高等数学，简直不知所云。硬着头皮学，一本书，似懂非懂的也就算读完了。

那时候时兴办“七二一工人大学”，我所在的那个厂虽然小，也煞有介事地办了个半脱产的工大，还聘请了北京工学院的老师。记得消息刚传开时，好一阵激动，我到处动员要好的青工朋友报名。

并不是所有的青工都想上工大，一位最要好的朋友的报名书便是我帮他写的。他对读书并没有什么特殊的兴趣，连哄带劝，我自作主张替他报了名。

工大是工会出面办的，用不着考试，从中学里请了几位老师来，将就着大学的教材开始往下教。我做好了一切准备，甚至连教材也买了，然而到开学那天，谁都有份，名单上独独没有我的名字。忐忐忑忑地跑去问，说是人数已满，而且说我的眼睛不太好，就用不着占用公家的时间读书了。

工会的那位负责人姓吴，他的爱人有病，托我搞一种自费的药，那药当时处于试制阶段，贵得很。工会负责人官不大，却得罪不起，好不容易替他把药搞到，却说这药暂时不需要，退掉算了。药卖出去，药店自然不肯再收回，而且天很热，药注明需冷藏，那年月私人家里还没有冰箱，结果这药只好自认倒霉作废。过了半年，姓吴的工会负责人又让我替他弄同一种药，说上次那药竟然报废了，真是可惜。

我拒绝了再次为他弄药，所谓弄药，不过是变相敲竹杠。车间里的师傅和那些要好的朋友，都为我不能上大学感到吃惊，脾气暴躁的我师傅暴跳如雷，扬言要揍那位工会负责人。这事终于不了了之，我当时太想读书了，因此失望到了极点，真想痛哭一场，幸好还懂得有点自尊，一赌气，仍然再去读夜校。

想上大学的日子

我整个青年时代，最重要的一件事情，就是想读书。我不止一次写过这件事，其中有篇散文的标题就是《想读书》。

中学毕业是 1974 年，那时候的文化水平非常低，差不多就是文盲了。印象最深的是初中毕业，班上很多年龄略大一点的，初中毕业就可以去工作。他们很高兴，早工作早拿钱，日后的工龄也相对长了。我的年龄得继续上高中。高中是两年半，整个高中期间，每年学工一个月，学农一个月，还要军训，几乎没好好读过书。整个中学给我的印象，是到临考试前背一下课本，当时能这么做，已经是好学生了。

读中学的时候，绝对不会想到读书有什么用处。那时候上课，也批判“读书无用论”，但根子里，大家都觉得读书确实无用。事实上，我们都是很快乐地享受了这种不用认真读书的日子。高中毕业以后，当了工人，才意识到原来还是读书有趣。

我进工厂，应该说是皆大欢喜，虽然是个非常小的小厂，但是面对知青要下乡的大背景，这个二三百人的小厂，就是个很不错的单位，而且我的工种也不错，是钳工。产生想读书的愿望，是在进了工厂以后。说老实话，当工人并不好玩，成天和机器打交道，那种完全机械的工作，很快就会让人感到厌倦。那时，我只是单纯地想读点书，想学点东西。想上大学的念头是后来逐渐发展的，从一点点，到越来越厉害了，越来越没法克制。到最后，那愿望竟然会是那么强烈，甚至超过了性的冲动。那年头，有的女知青为了上学，不惜出卖自己的贞操，不少大队干部，也就是因为手上有着让别人上大学的名额，理直气壮地就把人家好端端的姑娘给睡了。我想我当时要是女孩子，真遇到这样的事，怕是也不能幸免，想读书的念头太强烈了，足以让人失去一切理智。贞操诚可贵，大学价更高，在特定的历史时期，这似乎是件物有所值的买卖。

想上大学，不想当工人，那是恢复高考以后的事。记得当时很兴奋，因为我们是在夜校知道这个消息的，整个夜校都沸腾了，很多想读书的傻瓜，都集中在夜校里，大家奔走相告。我敢说，后来的很多人才，后来考上七七级七八级的大学生，有相当一部分，就是在夜校里读书的这些人。

当时就是一门心思想上大学，读什么无所谓。一开始是准备考理科，我在中学时，自我感觉化学很好，于是就想到了要学医。化学和学医究竟有什么联系，也没想明白。反正一听到恢复高考，机会来了，很自然地就机会主义起来，连忙拿起化学课本，还专门去一个老师那里补习数学。很多人都奇怪，为什么没有想到去考文科，在后来的日子里，我不断地回答这个问题。

事实上，我考理科更顺理成章。自从懂事以后，家里的大人都反对我学文科。当时想读书的欲望太强烈，不能读书意味着世界末日，于是就临时改考文科了，匆匆上阵，第一年虽然参加了复试，结果还是落了榜。落榜对我是个很大的刺激，因为我发现自己很笨，很糟糕，根本就不是上大学的材料。我只是个想读书的痴心汉，非常非常想上大学，但是对自己能不能考上大学，并没有什么信心。我从来就不是个信心十足的人，如果我有信心，就不会出现又考取工人大学的那个波折。七七和七八两级学生之间，实际入学时间只相差半年，而在这半年中，市机械局系统办了一个正式的工人大学，对各个工厂的青年工人招生。过去是厂里推荐，这次却要经过正经八百地报考。考上了，由厂里出钱，读三年，于是我就去考了，结果以第一名的成绩考上热处理专业。

这是个有趣的插曲。可最后我并没有去读这个学校，事实上，我不过是去上了一天课。当时也没什么重点大学的概念，我放弃的具体原因，至今也说不清楚。只记得那天去上课，感到很孤独，谁也不认识，下课时，别人都在那侃侃而谈，我却仿佛被谁遗弃了。第一天上课的感觉非常不好，热处理专业是什么，我为什么要学这个专业，原来不成问题的问题，都冒了出来。过去，我只是单纯地想上大学，只要有书读就可以，现在，我突然对自己的真实想法有所怀疑。面对前途，我感到一大片空白，感到一种从未有过的孤独，我和这个专业没有缘分。

那天晚上回去以后，我没跟我父母商量，这种事用不着商量。幸运的是，我性格中那种遇事不在乎的一面，起了决定性的作用。第二天，我没去上课，而是去找我们的一个副厂长，问他我能不能不读这个学校。他开玩笑说："钱都交上了，你怎么能不读呢？"我就说："那钱我来赔好了。"他笑着说："不得了，就你们家钱多！"直到现在，我仍然很感激这位副厂长，因为他见我决心已定，突然话锋一转，很严肃地说："说老实话，你不是这个才，要是让我讲真心话，你就不应该读这个学校，你可惜了，你不是这块料，你应该有更好的机会。"

也许，这位副厂长只是认为像我这样的家庭背景，应该去上一个更好的学校。其实我当时只是不想学热处理专业，想学什么不知道，不想学什么是清楚的。他给了我一个很好的台阶，他的意思是说，你读这个书委屈了，这个学校配不上你。有他这句话，我很轻易地退了学。退了学，除了高考，我已没有别的退路，那时候的用功和发愤，自己想想都会感动。只能破釜沉舟了，坦白说，我对自己最后是否能考上大学，一点谱也没有。当时的压力确实有点大，我这人并不聪明，学什么都比别人慢，于是为自己设计了一个退路，我想，要是考不上，那就再考，大不了脸皮厚一些，能考几年就咬着牙考几年。

七八年第二次考大学，考过之后，又闹了点小笑话。那时候，南京大学发录取通知要比别的学校迟。分数早就知道了，还不算太差，我表姐对我讲，以这个分数肯定能取重点大学。渐渐地，周围的人都接到录取通知，我却一直没有消息。偏偏在这时候，我母亲单位接到一个电话，是南大招生的人打去的，问这有没有一个叫叶兆言的人，又说这孩子的眼睛不好，是不是因为小流氓打架。接电话的人跟我母亲关系不好，我母亲于是非常多疑，怕她在背后说儿子什么坏话。便找熟人去打听，是拜托南大的教授吴伯匋先生，他和我父母都很熟悉，学问不错，做事却有些糊涂。他也没去认真落实，一本正经地来我们家，说你们家孩子这次没考好，我已经去问过了，没录取。这没关系，下次再考，真考不上，让老叶帮他写个东西，签上孩子的名，发表出去，然后调到文化局去。吴在“文革”前曾做过文化局的副局长，他老人家这么说，是莫名其妙地自说自话，有一种特别的迂腐。

这个插曲如今说起来是喜剧，当时对我则是当头一棒。我想上大学的欲望近乎有点病态，根本就经受不起这样的玩笑。填志愿的时候都不知怎么填，有人告诉我多填点，把文史哲统统填上，越多越保险。按规定，考生只可有两个选择，我却听了这个，冒冒失失填了文史哲。当时想，录取什么就读什么，能进大学门就行。

结果是被南京大学中文系录取了，能考上大学，真是件很快乐的事，在这之前，所有的快乐都没法和它相比，甚至以后也没有。我填的志愿，第一志愿南京大学，第二是复旦大学，第三是北师大，第四是华师大，最后一个是山东大学。现在回想起来，只要一个不录取，后面的都可能出事。由此可见，当时一方面拼命想上大学，另一方面非常幼稚，都不知道找懂行的人去咨询一下。记得第一天去学校报到，晕晕乎乎，南大的一切都让我感到亲切。这学校给我的最初印象，是小时候去看大字报，批斗当时的校长匡亚明，那是童年的记忆。

2006 年 9 月 8 日

学日语

我也算学过几天日语。这实在是一件荒唐事，那一年我在北京，正好中学毕业以后待业，反正闲着也没事可干，我的堂哥有一群朋友，一个个突然心血来潮了，说是大家学日语吧，于是立刻上街买了教材，请了位老先生教我们。地点就在我堂哥的客厅里，说好了一星期上一次课。

老先生是日本帝国大学的毕业生，日语好得就跟日本人一样。他出生于清朝的王爷家庭，是地道的贵族后裔，据说北京有条不小的胡同，过去全是他们家的。我们称他老先生，其实他也只有五十多岁，那一年是1974年，请他教书完全是免费的。他好像也和我们一样，闲着无事可干，教我们日语，对于他来说，起码也是一种打发时间的方式。很显然，他这样的人，在“文革”急风暴雨的日子里，狠狠地吃过一些苦头。

只有第一节课是认真的。我们跟着老先生，煞有介事地一遍遍读日文中的假名，最后再学一句日本话的“再见”。日语听起来总觉得有些滑稽，第一次课上完以后，我和堂哥之间，老是忍不住用才学的“再见”插科打诨开玩笑。

从第二节课开始，就不太像话。我的堂哥老是忍不住要笑，像小和尚一样有口无心地跟着念，念了没几句，便让老先生给我们讲讲他当年在日本留学时的故事。老先生说，“好吧，讲一点，调剂一下大家的情绪。”

老先生当年在日本的故事当然好玩，听起来比上课有趣得多。当时还是“文革”期间，有许多话不敢说，有许多话只能点到为止。然而老先生是那种乐意暴露隐私的人，吞吞吐吐好汉不提当年勇地承认，自己既然出生在挥金如土的豪门，年轻时难免荒唐，而日本的女人，实在怎么样怎么样。结果，课依然往下教，却越上越不像话了，大家跟着胡乱念，一有机会，就纠缠住老先生，让他从过去的生活中，挖出点精彩的故事来，调剂调剂情绪，活跃活跃气氛。老先生根本禁不起哄，他一肚子的往事烂在心里也太可惜。学生爱听，老先生更爱说，一边是洗耳恭听，一边是如实招来。话越说越深，很快，不敢说的话全说了。

老先生的往日故事一发而不可收，往日的故事越来越精彩。学日语很快就成了诱饵，颠来倒去就学了那么几句话，一到老先生开讲故事的时候，一个个没精打采的学生，顿时像刚吸足了鸦片，眼睛发亮神气十足。学日语本身成了非常次要的一件事。不仅学生是这样，老先生也是如此。往日的故事振奋了老先生已经萎靡的精神，他立刻忘了自己是在给我们上课，仿佛又一次复活在往日的故事中。

荒唐的学日语留给我的记忆，就是我们老盼着正经八百的课快点结束，就是老先生突然振作精神，开始眉飞色舞漫谈他的过去。残存在老师记忆中的繁华梦，常常会无意中，从我眼前像风一样地吹过。

学英语

英语始终没学好，这将是我会终身感到遗憾的一件事。学英语，所花的气力不能算小，有一阵子，自己都感到英语水平好像已经很像一回事了。

最早学英语是在读中学时，正是“读书无用论”盛行的年头，教我们英语的是一位华侨，胖胖的、矮矮的，长得很像西哈努克亲王。英语是我们最讨厌的一门功课。教学的进度很慢，可我们仍然是学了后面，便毫不客气地忘了前面。做作业也不像话，老师骂我们哄我们，机关算尽用心良苦，结果都一样。反正那时候也没大学可以上，中学毕业了，不是下乡当知青修理地球，就是进街道小工厂当工人，学校里冠冕堂皇地开了英语课，大家心里都觉得毫无必要。

毫无必要也得考试，每次考试一定是临时抱佛脚。我一向是个很平庸的学生，谈不上老实，也不算调皮捣蛋。记得有一次考试，我考了九十多分，一向不把我放在眼里的英语老师，在厕所里，很严肃地问我是不是作了弊。我告诉他我把要考的课文全背下来了，他不相信地连连摇头。事实上我说的是真话。

中学毕业以后，当了四年小工人，高考制度才终于恢复了。好在刚开始外语只当作参考分数。说来惭愧，我仅仅考了十分，而且就这十分，也是靠在选择题上瞎画蒙来的。原来学过的那点英语，早就完璧归赵还给了老师。

认认真真学英语，是在上了大学以后，因为读的是中文系，一上来基础就没打好。那时候倒是真心想把英语学好，但是当时用的教材，还是教工农兵大学生的，我们在“我是一个工人，我是一个农民，我是一个中国人民解放军战士”这种句式上，浪费了许多时间。中文系的英语课只马马虎虎上两年，每学期都要重换一个英语老师。好的英语老师嫌我们英语水平差，不愿教，更多的同学也不愿意学。我记得当时班上想当作家的人太多，文学热情高涨，根本没多少人好好地学英语。对付课堂上的英语考试，几乎不费吹灰之力。为了提高自己的英语水平，我不得不自开小灶，跟收音机里的广播学，和图书馆系的同学一起学，图书馆系同学的英语比我们中文系好，他们有一个英语提高班。

历史系的英语课我也去混过一年，那是大学四年级的时候，学的是英文原著《尼克松传》。那是一种导读性质的上课，课堂上老师只讲解疑难句子。

大学毕业以后，我被分配在一所大学里当教师。英语一会儿抓一会儿松，没任何进步。直到考研究生前夕，我才开始重新在英语上下功夫。那一年的人突然昏了头，不管三七二十一都考起研究生来。我所报考的那个专业，只招四个人，报考的人数却有九十几个。我的外语考了五十九分，当时心里很虚，怕外语不及格影响录取。没想到那年的外语及格分数为五十分，我的成绩居然还算是高的。

三年的研究生生活，我在英语上真是下了点功夫。我的英语全是靠笨功夫死记硬背学来的。口语是一塌糊涂，完全靠阅读来提高。不管怎么说，阅读确实是提高英语水平的有效方法之一，我们当时用的一本很好的辅助教材就是英国人编的《通过阅读学英语》。在这本教材的思路的启发下，我读了许多简易读物，读的时候，尽量不去查字典，只是在拼命加快速度。这种快速阅读事实上只是一种浏览，读一本扔一本，简易读物的程度逐渐加深，英语水平也在不知不觉中提高了。

终于过渡到了看原著，一上来当然很吃力，但是我继续坚持不查和少查字典的原则。我每天花半小时或者一小时背英语单词，所掌握的词汇大约有五千个。看了几本原著以后，自己明显地感到获益匪浅。那时候我们有三个很要好的同学，经常借了一些大部头的英文通俗小说，互相交换着看。在读过的小说中，给我留下最深印象的是欧文·华莱士的作品，他的小说对于我的英语水平来说最合适。我也借过福克纳的作品，借过不止一本海明威的作品，但是真正的文学名著原版书我读起来总是觉得累，看中译本要省力得多。我的英语水平实际上也只是达到了看通俗畅销小说的水平，通俗小说中有很好的悬念，有大量没删节的色情描写，有一种让你看了还想看，看完了就忘的轻松感受。这种小说最适合于睡觉前看一会儿。

我到了出版社以后，就和英语断绝了关系。现在回想起来，仍然有些依依不舍的情感。放弃英语，当然事出有因，一是要坐班，时间已都是属于别人的。二是对写作达到了狂热的地步，除了上班，满脑子都是在写东西，而一个人的精力毕竟有限。另外说穿了，我的英语除了看通俗的下流小说，丝毫也谈不上还有什么别的用处。我想我这辈子不可能去当移民。我已经看了数不清的外国小说，我们的落后，造成了大量翻译外国文学作品的良好环境。为什么不借别人现成的手杖用用呢。一个好的外国小说家，他似乎并不像我们那样那么勤奋地读别的国家的作品。就阅读来说，我作为一个用汉语来写作的小说家，知道的外国小说已经够多的了。

文学少年

一九七四年，我十七岁，高中刚毕业，说懂事，什么都懂了，说不懂，真正明白的事实在太少。那是个知识被成群地赶进深山的年代，一切都被扭曲，一切都很荒唐。我是那个时代带着几分奇怪的标本，算是高中毕业，实际水平比初中生还差。我留过一级，从农村回到南京后，又莫名其妙跳了一级，甚至还泡过将近一年的病假。读不读书上不上课都一样，我的字写得像小学生，像外国人写中文，错字别字连篇。高中毕业考试，考数学是珠算，我们只学过加减乘，连除法都没来得及教。

我那时唯一值得自豪的，就是书看得多，相对而言的多。父亲是南京的藏书状元，所藏的书绝大多数是翻译过来的外国小说。“文化大革命”后期是我拼命看世界名著的年代。卖弄自己看过的外国小说，一向是我的嗜好。多少年来，我一向自以为是，觉得在阅读方面没人吹牛吹得过我。我的父亲毕竟是藏书状元，强将手下无弱兵，父亲在他那辈人中读书最多，我自然在我这一辈中也没有什么对手。为了在吹牛时立于不败之地，我实实在在读了不少书。

因为祖父在北京，我经常有机会去，一去就住很长时间。北京这地方多少有些巴黎的沙龙气氛，即使在“文化大革命”后期这一特殊阶段也不例外。作为一个经常有机会接触沙龙的外省文学少年，北京老家给我在文学上的影响的确太重要。我的堂哥三午长年累月在家歇病假，他的客厅永远有人，高谈阔论，胡说八道。三午的客厅是当年北京一些诗人们经常光顾的地方。那是些看上去神经兮兮的年轻人，没日没夜，高兴时来，尽兴则去。三午的客厅常常有人高声朗诵诗，有时候是诗人自己朗诵，有时则是由漂亮的女郎代劳。漂亮的女郎多半是诗人的崇拜者，多才多艺，会唱会弹钢琴。

三午自己就是一个很不错的诗人。我曾在他的客厅里朗诵过他的诗。他的诗免不了有些颓废，有些痛苦，当然也有些矫情。我所以在客厅卖弄他的诗，原因是三午在念自己的诗时大哭起来。事实上我也是一边流眼泪，一边朗诵。在三午的客厅里，感动得哭起来是一桩雅事，没什么可难为情。对于这样的场面我已经太熟悉。常常有人写了一首好诗，大家喝彩，于是当场作曲，当场唱。有首根据三午的诗作的曲子在北京的一个小圈子里曾经很流行，诗如下：

不要碰落麦芒上
凝结的露
不要抹去睫毛上
颤抖的泪

露珠里映着
整个的太阳
泪滴里闪着
我们走过的路

脚在田野里迈
衣领上全是露水

心在生活里滚
脉搏上全是泥和泪

露在深深花蕊
泪在层层心田
烈火枯竭源泉
烘不干露和泪

手捧起滴滴露珠
便成一道瀑布
心积起颗颗泪滴
那是无边的海

不要碰落麦芒上
凝结的露
不要抹去睫毛上
颤抖的泪

这诗写于一九七二年十月十日，以今天的眼光看，当然算不了什么好诗。文学从本质上来说就是历史，在历史的参照系面前，我们说大话最好留些余地。关键是那么种氛围，与世隔绝，与世无关。那是“四人帮”之流肆虐的年代，是文化的沙漠，是没有春天的严冬。

三午另一首诗似乎写得更好一些：

摸熟了块块斑驳的门牌
翻厌了张张嘈杂的脸儿
从来到人世，我
就揣着一封无法投寄的信

差愧　不安　焦急
憧憬　痛苦　渴望
从来到人世，我
就揣着一封无法投寄的信

这诗从来没有变成铅字发表过，三午写了近百首诗，然而任何一本谈诗人的书都不会见到他的名字。

一九七四年，我这个十七岁的外省文学少年，在三午的客厅里，开始了最初的文学梦想。沙龙的气氛自然使我向往成为诗人的一员，我老气横秋地加入了侃文学的清谈，指点江山，信口开河。这些诗人说到底也不过是一些文学青年，大家生活在浪漫的诗意中，悄悄地较着劲。和年轻狂妄的画家们相仿佛，都觉得自己行，都看不上别人。那一代诗人似乎都喜欢巴尔蒙特，他们都喜欢这句话：

我来到这个世界上
只是为了看看太阳

三午的客厅里常常为了诗吵架。诗人最多，有作曲的，有唱歌的，有画画的，有摄影的，还有研究哲学的。有的显然是风流潇洒的公子哥儿，一脸的八旗子弟样，有的却像乞丐，衣衫褴褛，只差随地吐痰擤鼻涕。所有这些人都是野路子，是诗人一定颓废，一定朦胧，画画的离不开一个怪字，都喜欢留长发，言谈时，最擅长的一句话就是："这哪儿是诗，这哪儿叫画！"

我毕竟只是文学少年，除了多读过几本书之外，一无可夸耀处。在烟雾缭绕的客厅里，我学会了说"这哪儿是诗，这哪儿叫画"。我做梦也不会想到多少年后，自己会成为一个小说家，会跻身于混稿费的人流中。

三午是我们叶家第三代人中最有希望成为作家的一个人，他身上有饱满的诗人气质，他写诗，看小说吹小说，发疯地喜欢外国音乐。三午常说，他喜欢文学，是受我父亲的影响。他说起我父亲不该中途放弃写作时甚至掉眼泪。我父亲早在二十岁前就写了一大堆短篇小说，不止一个人说过我祖父是中国的契诃夫，但是三午一向认为，如果我父亲不停笔，真正成为契诃夫的应该是他。我父亲把爱好文学的毛病传染给了三午，这毛病最终又到了我头上。朱自清先生曾夸我父亲少年时的文章写得“头头是道，历历如画”，说父亲的小说中有“他自己健康的调皮和机智”。三午总是为我父亲抱屈，他老说：“叔叔的小说太不合时宜。”

不合时宜的评价同样适合于三午自己，适合于那一代过早来临又过早凋谢的年轻诗人们。父亲在和我谈起三午的遗诗时曾经说过，时至今日，三午的诗歌完全可以发表。这的确也是实情，今日已是个诗人多如牛毛的年代，出版物泛滥，只要是诗，只要是那些分了行的短句子，混迹于刊物之上并非太难。可是三午的诗毕竟只适合于他曾经活着的那个时代，他的诗，包括他在内的一代诗人，说到底仍然是时代的产物。

我从来不认为三午的诗最好，即使当年我作为一个外省的文学少年，跟在三午后面亦步亦趋，志大才疏且又装腔作势，我也不甘心做一个像他那样的诗人。我的偶像是一位更年轻的诗人，他是那年头突然闪现出的新星中最灿烂夺目的一颗星。当年北京民间沙龙中几乎没有不知道毛头的诗的人，毛头要比三午年轻得多，他狂妄地出现在三午的客厅里，目无一切，孤芳自赏。

他似流浪汉的姿态睡倒
盖着当天的报纸，枕着黑面包
不在乎胡须上滴下的口水

也不在乎雀斑，在他脸上充满
嘲笑

这幅艺术家的速写似乎更适合于毛头本人。

毛头是个天生的艺术家，他会唱歌，正经学过西洋美声唱法。那时候，谁手头有一盘好的意大利歌剧带，谁就有幸在短时期内，做他最好的朋友。孤傲的毛头并不是和什么人都可以交朋友，我对毛头的身世不太熟悉，只知道他家境不错，人在白洋淀插队，并且知道他曾当过学习毛泽东思想积极分子。在我作为文学少年的那个年头，父亲的书和三午的客厅，潜移默化地使我和文学产生了不解之缘，毛头的行为却直接为我提供了模仿学习的榜样。毛头似乎具备了一个和常人不同的大脑，他的诗永远让人感到新奇感到震惊。我那时候虽然已经知道洛尔迦，知道普希金，知道巴尔蒙特，但是活生生的毛头比任何一本诗集更能影响我。

毛头的诗实在太多，太多，他每年都为自己编一本诗集。他的身上永远揣着笔，走到哪儿，想到哪儿，有时灵感来了，扯上一张纸，唰唰记下，然后把纸片藏进口袋里，继续海阔天空说大话。据说每年的十一月下旬，是他结集的痛苦时期。在这时期里，他把自己关在房间里，把写在乱七八糟纸片上的诗整理出来，绞尽脑汁，怨天怨地，就仿佛女人坐月子。他年年都掉一身肉，胡子拉碴，死去活来。大功告成，他又开始神气十足，重新露面。

毛头的魅力在于他自身就是一首充满激情的诗，他对诗歌本身的迷恋，对文学的执着，只有过分这两个字才能形容。一九七六年的唐山大地震把北京人吓得不轻，到处有严重的世界末日之感。毛头当时的行为最可笑，他拎着个旅行包，包里装满了他自己手抄的诗集，灰溜溜的像个流窜犯，非常狼狈形迹可疑地东躲西藏。面对大自然的威胁，别人不过是怕死而已，他在怕死的同时，更担心他的天才作品会被毁灭。

和大多数文学少年一样，我最初的文学梦想就是写诗，做个像毛头那样的诗人，生产太多太多的诗，满满一旅行包，拎着到处走。在三午的客厅里，我学着三午或毛头的口吻，堂而皇之地说着“这哪儿叫诗，这哪儿是小说”。既然我认为毛头的诗最好，便老气横秋地用毛头的诗来压别人的诗，像不像毛头的诗是我在相当一段时间内判断好诗坏诗的唯一标准。

我学着毛头的样子开始写诗，疯疯癫癫，绝对形似。我在纸片上，小本子上，甚至书的空白处胡涂乱抹。十七岁那一年真值得我好好回忆一番，我开始学着抽烟，偶尔也喝点酒，并且正经八百地开始幻想女人，变得有些颓废，玩世不恭。我母亲因此对三午耿耿于怀，老觉得我是跟他学坏的。我的读书也是在那时候开始发生变化，我本是雨果的忠实信徒，突然转变为对整个的十九世纪西欧文学格格不入。浪漫主义文学作品尚未读完，我已经跳过了现实主义文学作品，一头栽进了二十世纪西方现代派文学的皮毛之中。爱伦堡的《人、岁月、生活》给了我无穷无尽的知识，当我回到南京，远离北京的沙龙后，我便在爱伦堡的回忆录中寻找刺激。我决心不顾一切地写诗，希望有一天能在三午的客厅里像毛头一样露脸。

诗人也许真是天生的，我很快就写了不少分了行的诗。这些诗丑陋得让人感到恶心，我学会了做作、学会了矫情、学会了把句子折腾得疙里疙瘩，就是写不出一句像样的好诗。在我的文学少年时代，令我最痛心的一桩事，就是发现自己实际上根本不可能成为一个好诗人。我经常独自到野外去找诗，寻章摘句，在春天的草地上，想着想着便睡着了。干别的什么事时，我的脑子里老在想诗，等到正正经经要写诗时，又肆无忌惮地开起小差。我像诗人一样活着，神经兮兮，无病呻吟，和当时的时代绝对格格不入。我进了一家小厂当工人，早出晚归，逃避一切政治学习，并且从来不看报。当时的那些出版物和我没任何关系，在越来越意识到自己的诗写得实在不像话的时候，我便发誓，除了外国小说，我什么都不看。

几年以后，形势发生了重大变化，小说尤其是短篇小说开始时髦。我考上了大学，也跟着起哄写小说。最初的小说和我最初的诗歌一样糟糕。我曾把这样的小说寄给北岛，北岛看了以后写信给我，说我的小说不行，但是很有写诗的潜力。他夸奖我有良好的感觉，大可以在诗坛上闯一闯。他的客气话让我绝望了很长时间。如果我的小说感觉还不如诗，要走文学这条路还不如去寻死。我已经清楚地知道自己的诗歌不可救药，而的的确确正在明白，我的小说实在不怎么样。时至今日，我的小说仍然没有真正写好过，重温旧作，羞愧难忍，苦不堪言。十年来我能不懈地写小说，和退稿做斗争，本身就是桩了不得的奇迹。也许是为了赌气，当然也是为自己另寻新欢以后，太喜欢小说这玩意儿，我总算没像写诗那样半途而废。

十几年前，有一个文学少年幻想着自己将来会是个骇人听闻的诗人。和大多数美好的理想注定要破产一样，我的诗人梦遥远得仿佛是别人的故事。我并不后悔自己销毁了那些惨不忍睹的诗稿。时光不会倒流，艺术永无止境，过去的一切都化为亲切的回忆。我怀念三午，忘不了毛头，多少次旧梦重温，老毛病再犯。我向那个已经死去的已经虚无缥缈的我招手致意。海枯石烂，这毕竟是一个不能忘怀也无法忘怀的我。我看着我，脉脉含情，顾影自怜。我们曾经是个整体，我们永远是整体。

我们彼此思念
仍在无声地前进
就像雪橇
在伤口上继续滑行

文学青年

我写第一篇小说是上大学一年级的时候，写作的原因完全是受了作家方之的诱惑。方之是我父亲的挚友，那时候刚从下放的农村调回南京，房子尚未落实，整天泡在我们家聊天。聊得最多的是他一再声称要写的小说，就那么几个故事，反复说，一直说到别人厌烦为止。除此之外，他老是想不通地质问我为什么不写小说。随便和他说着什么，他就动不动眼睛一瞪，非常严肃地说：

“这完全可以写一篇小说，写下来，你把它写下来。”

于是我就试着写一篇小说。当然刚开始只是用嘴写，我告诉方之，自己打算如何如何，开局怎样，结局又怎样。方之总是点头称好，说他正在筹备一个专为青年作者提供机会的文学刊物，我的小说写出来以后，可以在那上面发表。

我那时候对发表小说的兴趣并不大，也许是自己书见得太多了，从小生活在书的世界里，家里到处都是书，总觉得一个人有几个铅字印出来，实在算不了什么。使我入迷的是那些世界级的外国作家，人人都写了一大堆作品，和他们相比，中国作家简直就不能算是作家。方之一有机会就问我小说写得怎么样了，我便一次次敷衍他，说："就写，就写。"

一直到方之筹备的文学刊物创刊，我许诺要写的小说仍然没有一个字。这个刊物就是后来一度大红大紫的《青春》。创刊号上的头题小说是李潮的《智力测验》，李潮是与我从小一起长大的好朋友，看了他的小说，我不免有些羡慕，也有些嫉妒，于是正经八百地开始写那篇在嘴上念叨了无数遍的小说。

我写的这篇小说名字叫"凶手"，开头的场面颇有些传奇色彩，一位杀了当代花花公子的青年人，在一个风雨交加电闪雷鸣之夜，背着铺盖敲开了派出所的大门，向正在值班的警察投案自首。接下去便是倒叙，以凶手的口吻，叙述一场凶杀的全过程。小说的结尾也很有戏剧性，凶手忍无可忍，接过匕首，为民除害，破膛开肚，把仗势欺人的花花公子杀了。

这是一个非常拙劣的短篇小说。写到一半的时候，方之便从我手上抢过纸片，一段一段地看，一边看，一边笑。那时候正是右派平反不久，我父亲，方之，高晓声，陆文夫，梅汝恺，几位为同一桩事被打成右派的难兄难弟，常常有机会就聚在一起喝酒谈文学，方之最不善饮，几口酒下肚，把我正在写的小说当笑话，讲给大家听。大家都觉得方之是在为我的事瞎起劲，明摆着，当时我写的这种小说绝对不可能发表。伤痕文学虽然正走红，因为描写了阴暗面而屡遭非议，我的小说比伤痕文学走得更远，因此父执们都觉得方之太书呆子气。

小说终于写完，方之也承认这小说的确难发表。有一次，方之组织了一次座谈会，讨论当时得全国奖的短篇小说，议题是说坏不说好，大家不妨横挑鼻子竖挑眼，谈谈这些得奖小说的不足。别人发言的时候，方之把我的小说又细细读了一遍，会一散，他拉住高晓声，说："兆言这篇小说，我们帮他加工一下，说不定还真能用。把高干子弟改了怎么样？"

我已经记不清高晓声当时说了句什么，反正他当时很不以为然，笑着，看着似乎还有些孩子气的方之。

方之让他看得有些不好意思，说：“老高，怎么啦?”

我的小说最终果然没有发表，尽管有方之为我力荐，不止一位编辑说这小说不错，但是无一例外的是在终审的时候被淘汰下来。多年以后，安徽的一位老编辑写信给我父亲，仍然为我的小说发不出来耿耿于怀。小说的原稿早不知到哪去了，有一段时间内，我手上积了近三十万字的手稿发表不了。我和退稿笺结下了不解之缘，铅印的或者编辑手写的不关痛痒的三言两语，常常让我羞愧难当，恨不得将手头正在写的稿子扔掉。有几篇稿子在寄来寄去的途中遗失了，有的却是编辑部懒得退稿，时间长了，写信去讨，连回信都没有。我至今也不明白我的第一篇小说到哪去了，反正也不是一篇好小说，根本谈不上心疼。让我念念不忘的，是已故的方之当年对我的诱惑，没有他，我根本不会写我的第一篇小说。

我发表的第一篇小说，刊登在我们自己办的油印刊物上。那是一本地地道道的民间刊物。发起人，都是一班从小就认识的朋友。我们的刊物叫《人间》，在当时很有些影响。《人间》社刚开始分两批人马，一批是写东西的，如顾小虎，李潮，徐乃建，黄丹旋，吴倩；另一批是画画的，如刘丹，朱新建，丁方，高欢，汤国。这批人在20世纪70年代末，很有些新潮的味道。有些人已经饮誉当时的文坛，如顾小虎，他是顾尔镡的公子，发表在《上海文学》的上一篇评论文章，反响很大。李潮和徐乃建是20世纪80年代初期十分走红的两位青年作家，黄丹旋和吴倩都去了美国，依然继续在写，听说已得了好几个台湾和海外华语报的文学奖。画画的混的也不差，刘丹早就去美国淘金，他的妻子便是那位大名鼎鼎的洋贵妃魏莉莎。朱新建是这几年风行画坛的新文人画的始作俑者，他属于半仙，法国和比利时都去过一阵，喜欢的女人也多，喜欢他的女人更多。其他几位自然也不弱，各人有各人的成就，各人有各人的福分。

刚开始办《人间》的时候，“四人帮”刚粉碎不久，左的思潮很猖狂，动不动就有人跳出来扣帽子，很多人好心地要我们吸取父辈当年办《探求者》的教训。然而我们根本不肯听劝，一个个仿佛中了邪，别人越说越来劲。

结果《人间》只办了两期。办刊物实在不是桩容易事，我们那时候个个囊中羞涩，而且都缺乏动手的能力。刻钢板天经地义是由画家们承担了，对于这些未来的大画家们来说，刻钢板自然有些委屈了他们。办油印刊物，画家们除了刻钢板，刻那些线条最简单的插图之外，没任何用武之地。此外，要去买纸，买油墨和订书机，乱七八糟的事多得不堪设想。

刊物办不下去最主要的原因是没稿子，当时作为两大主力的李潮和徐乃建，都因为外面约稿太多，自己写的小说在不在《人间》上发表无所谓。民间刊物的宗旨说穿了很简单，主要是为了发表那些公开出版的刊物上发表不了的东西，一旦大家的发表渠道畅通，民间刊物的气数就到了头。那时候称民间刊物又叫地下刊物，和今天的黄色刊物不同，当年我们的刊物很有些艺术追求，发表的小说水平应该说在许多公开发表的小说之上。

我发表在《人间》上的那篇小说叫“傅浩之死”，这一期共刊登了四篇小说，除了我，其他三篇都是女作家的。《人间》的几位女将特别能折腾，到哪去都特别热闹，南京的文坛因为有了这几位女将，很长一段时间内，都显得阴盛阳衰。

虽然是油印的，但这毕竟是我发表的第一篇作品。小说的情节今天看来实在不值一提，写一个书呆子兮兮的人物，在“文革”中，因为喝酒说了一些不该说的话，被别人向“造反派”告了密，酒醒以后，吓得半死，于是决定自杀，他跑到了一座悬崖边上。在跳崖之前，把赶来的“造反派”痛痛快快地骂了一顿，越骂越痛快，结果有人从悬崖后面爬了上去一把抱住了他，他没死成，然而因为积累在心头的怨恨已发泄了，竟然不想死了，决定好好地活下去。这篇小说后来因为朋友的帮忙，发表在安徽的《采石》上。

《人间》时期是我文学活动中的一个重要时期，正是从这一时期开始，我的兴趣开始转到了小说上。在这之前我觉得写小说很容易，在这之后，我因为连续不断的退稿，越退稿越赌气。我认定了一个死理，那就是别人小说能写好，自己就一定能写好。况且我常常感到别人的小说事实上写得很不好，从《人间》时期开始，我才正式把写小说当回事。

我非常怀念《人间》时期，一本印得很糟糕的《人间》，记录了我的文学青年时代。那是一个躁动的不安分的时代，充满了生气和活力。

我真正变成铅字的第一篇小说，应该是发表在1980年第十期《雨花》上的《无题》。那年暑假，我的创作热情高涨，除了骑自行车几百公里去和女朋友相会之外，我一口气写了八个短篇。《无题》便是其中一篇，只花了一天的时间，写完以后，父亲看了觉得不错，当时《雨花》正准备发一期江苏青年作家专号，父亲说可以把这篇小说交给当时正负责编专号的高晓声，但是字写得太潦草了，最好重抄一遍。我脑子里酝酿的另一篇小说已经成熟，因此也懒得再抄，结果是父亲为我誊写了一遍。在父亲还没来得及誊写完之际，我的另一篇小说《舅舅村上的陈世美》又写好了。

《舅舅村上的陈世美》发表在1980年《青春》的第十期上。这一期的《青春》是处女作专号，虽然是和《无题》同时问世，却因为在此之前我未曾有过铅字，因此大胆老脸地打了确系处女的招牌。没有多少人知道我一下子发了两篇小说，这最初的两篇小说，我竟然斗胆用了两个名字，一个是真名，另一个却是笔名。我那时候对自己有一种莫名其妙的自信，从1980年10月到1981年3月，不到半年的工夫，我发表了五篇小说，用了三个笔名。我自我感觉良好地认为，在未来的日子里，将有好几个都是属于我的名字在文坛上大红大紫。人们将惊喜地发现，原来谁谁谁，谁谁谁，还有谁谁谁，都是我。

我将《无题》寄给了祖父，祖父让我的堂哥给他念，念完了，祖父写信给我，说这篇小说写得不错，说出了一点意思。《舅舅村上的陈世美》我觉得写得不好，因此就没往北京寄。事实上，《无题》在读者中反响极小，而《舅舅村上的陈世美》倒使我收到了好几封热心的读者来信。记得有一封是一个农村的女孩子写来的，写得很动情，她把我当成了小说的主人公，对我的遭遇深表怜悯，而且乐意当我的小妹妹。

我的第一篇真正有影响的小说，是5年以后发表的《悬挂的绿苹果》。我的感觉良好短暂得不可思议。发了最初的5个短篇小说以后，连续5年，我一篇小说也发表不了。

退稿实在是一种磨难和不幸，我的信心打了很大折扣，在频遭退稿的日子里，我总有一种自己犯了错误的恐慌。写小说对于我来说，逐渐变成了一桩赌气的事，我把所有的退稿收集在一起，挑一个好日子，统统寄出去，然后带着惆怅的心情，愁眉苦脸地等待小说鸽子似的一个接一个飞回来。再寄出去，再飞回来，如此不断循环，周而复始。时来运转的美梦做多了，我对写作的前景如何已无所谓。退稿退多了，我一赌气，干脆就把稿子放在抽屉里。

写《悬挂的绿苹果》，正是准备硕士论文期间。这一年也是我可爱的女儿出生的年头，该花钱偏偏手头拮据，人穷志短，我不得不托朋友把这篇小说转到《钟山》编辑部。一年以后，小说竟然在一个不起眼的位置上发表了，我赶快用那笔稿酬买了一个小电冰箱。想不到我这篇小说会得到当时南北两位很红的青年小说家的称赞。南方的是王安忆，她写了一封热情洋溢的信给编辑部，大大地夸奖了我一番。北方的是阿城，我的小说发表一年以后，电影厂的一位导演写信给我，说是他去拜访阿城，阿城说我那篇小说是那一年度发表的最好的小说。这究竟是不是阿城的原话我很怀疑，不过阿城确实不止在一个人面前表扬过我。他去美国以后，写信给我的朋友时，还提起我，说我真是个写小说的人。

我很难用笔墨表达对这两位作家朋友的感激，尤其对阿城，虽然都活在这个地球上，至今也没机会见过一面。走红的作家有时一言九鼎，王安忆和阿城对我的赞许起了非常了不起的广告作用，终于有编辑找我组稿来了，来了便摆谱，便侃阿城怎么说怎么说，王安忆又怎么说怎么说。上海的陈思和与杨斌华率先为《悬挂的绿苹果》写了评论，我这篇并不起眼的小说悄悄地走起红运来，得了让人羡慕的《钟山》奖，还差一点中了两年一度的全国奖。

时过境迁，人生无常。如今稿债累累，常常听好话，偶尔还参加笔会游山玩水，想起自己过去的遭遇，免不了一种小人得志的感伤。小说的艺术本来是无止境的，我清楚地知道自己的小说并不像想象中那么好。《悬挂的绿苹果》给我带来了好运气，仅仅是凭这一点，我就应该感谢这篇小说，当然更感谢那些热情关心我的朋友，没有他们，我也许至今仍然一事无成。

我的作文经历

居然成为一个作家，有些说不清楚。已到四十不惑的年龄，回头看，仍然不明白自己为什么成了作家。我从小就看不起作家，家庭给我的教育，是长大了以后，干什么都行，只有一样例外，这就是别写东西，别当什么作家。

在读书的年代里，我身上见不到任何文学才能。我是个平庸的学生，作文永远中等，往好里说，至多中偏上一些。记忆中，似乎出过两次风头，一次是在农村上小学，老师让我们把毛泽东的七律《送瘟神》改成散文，我以老人家的口气，一气写了不少，大胆假设，无心求证，自以为是代言人，说得头头是道。语文老师是一位退伍军人，对我的作文赞赏不已，给了一百零五分。记得他振振有词，说毛主席曾教导过我们："有创见的作文，就应该得高分，不仅要高，而且可以超过一百分。"我们很喜欢这位语文老师，根本没想到他是在伪造最高指示。

那时候，我是个孤苦伶仃的小男孩。想念在城市中的父母，他们被关在牛棚里，隔离审查，整整一年多，没有任何消息。我被遗忘在了农村，遭人冷落，受比我大甚至比我小的孩子欺负。那是见不到爱心的岁月，虽然前后在农村只待了两年多，可是这两年，比二十年都漫长。能写出一篇让语文老师叫好的作文，原因不过是由于寂寞，找到了一个发泄的好途径。不妨想象一下，一个十一岁受压抑的男孩，突然有机会模仿领袖的口气说话，这是一件多么痛快的事情。

中学快毕业，有一次作文是写家史。当然不是写自己的家史，老师让我们去居委会，采访张大妈李大娘。于是一窝蜂涌向居委会，听老太太们说新中国成立前。说的故事都差不多，不外乎控诉，不外乎忆苦，思甜，都是一个模式。我没有认真听讲，写作文时，又一次大胆假设，一口气写下去，把一本新的作文簿全部用完。好像又一次得到了老师的表扬，说态度认真，说采访得仔细，是不是全班最高分记不清，反正当时有一个印象，这就是自己原来和张大爷李大娘一样能说会道，而且可能水平更好，因为我会编细节。

恢复高考以后，我成了一名文科大学生。在其他的文章中，我已经说过，选择文科，不是本意。我的理科成绩一向比文科好。进了大学，仍然要写作文，大一结束前，老师带我们去雨花台烈士陵园，匆匆转一圈，然后以此为题，让大家写一篇散文。我有感而发，说自己生为南京人，小学中学，屡屡到雨花台来，老是向死人赌咒发誓，那么几句话反复说，真有些不好意思。再好听的话，反复唠叨总是无聊，烈士地下有知，听多了也烦。这样的作文缴上去了，老师当然不喜欢，四人帮毕竟粉碎了才两年，成绩批下来，只是一个及格，是全班的最低分。当时大家都很看重分数，我也有些脸红，脸红只是要面子，心里并不愿意认错。

我想自己最终能混迹在作家圈中，唯一的解释是生逢其时，是这个时代宽容。过去曾经有过很不宽容的日子，每个时代都有写东西的。对作家的理解，可以有多种多样，我从小接受的教育，所谓长大了不要当作家，其实是不要像我父辈那样，变成一种工具和传声筒。不能说那些“文化大革命”中写出很红火文章的人，不是作家；同样，也不能说今天许多道貌岸然的人，写出了我们认为不好的作品，就说他们玷污了作家的称号。作家就是白纸黑字，并不是什么了不得的职业，哪朝哪代，都有用或不用心灵来写作的文人。人各有志，人和人不一样，只能说一些人如果是，另一些人，譬如我，就应该算作不是。我们虽然并存，却是两回事。我们写作的原因不一样，结果也不一样。

我已经无数次地说过，自己太喜欢写作。不写作，还能干什么呢，真是天知道。写作已成我生命的一部分，一想到天天能心平气和地坐在电脑前，便由衷地产生一种感激之情。这种机会是读者给我的，时代再宽容，如果没有读者，像我们这样的作家，或许也不可能生存下去。读者是衣食父母这种客气话，多说没什么意思，不说也抵赖不了。常常有读者写信给我，抱怨说在书店里买不到我的书。这是一个事实，但是也说明了另一个问题，这就是我的作品还没受到广泛的欢迎。现在已经步入商业社会，一个人的作品，真要是大家都喜欢看，不会在书店里买不到。

家学渊源

我的旧学实在不怎么样。旧学问是门古老的艺术，离我们越来越远。我现在靠写小说混饭吃，辛辛苦苦在格子里填上了字，总算有人愿意看，有人愿意写些小评论。不少评论都提到了我的家学渊源，一位评论家甚至断言我的才能将淹没在传统的阴影中。真要是如此也是一种幸运。

事实上，旧学问在清末达到顶峰，此后便是代代退化，一蟹不如一蟹。这是历史发展的大趋势，谁也改变不了，只能无可奈何。对于今天的人来说，我祖父可以算是旧学大师，对于把旧学问发展到极致的乾嘉学派，却又是不肖子孙。作为“五四”一代的风云人物，我的祖父一生都在鼓吹新文化。虽然他有极深的古文造诣，能写很好的旧体诗词，然而从来不主张我们小辈在旧学问上花大功夫。

我唯一得到祖父指点的旧学便是对对子。这是在“文革”期间，我正上初中，有一次，祖父发现我竟然能背出一连串辛弃疾的词，很有些吃惊，便大大地表扬了我一番。我得到了鼓励，顿时感觉良好，下决心要把手头的一本夏承焘先生编的《唐宋词选》全部背下来。那时候正是“读书无用”论盛行的时代，上不上课读不读书都无所谓。我的祖父也闲着无聊，难得我对旧诗词如此有兴趣，就让我从头开始，学习平平仄仄仄仄平平。

方法有点像旧时私塾先生授课，祖父报一个字，我回答一个字。云对雨，雪对风，晚照对晴空，杨柳绿对杏花红。一来一去，很像是做游戏。在北京，我常常陪祖父去洗澡，祖父泡在浴池里，不时即兴发问，我一边替他擦背，一边挖空心思对答。出门散步时也是如此，总是捡人少的地方去，见到什么说什么，一个字两个字，渐渐到了五个字七个字。从来也没到过对答如流的地步，字越多越吃力，但是好歹都能凑合答出来。祖父在这方面特别宽容，说："好，有点儿入门了。"

可惜我只是站在旧体诗词的门口，往里面望了几眼。毕竟是处在一个旧诗词已不流行的时代。随着年龄的增长，外国小说更能够吸引我。我开始如狼似虎地阅读19世纪的欧洲小说，数量之大速度之快，连祖父都感到意外。记得当时看内部发行的三岛由纪夫的《丰饶之海》，四大厚本，祖父第一本尚未读完，我已经见缝插针，全部读完了并把故事卖弄给大家听。祖父嫌我看书太快太马虎，找了两本书让我细读，这两部书是托尔斯泰的《战争与和平》和巴尔扎克的《高老头》。

藏书状元门下

藏书状元是我父亲，父亲藏了许多书，这不过是个人的嗜好，没想到南京市举办的一次大奖赛中，竟然中了头奖，金榜题名，电台电视台接连采访，热热闹闹大大咧咧出了些风头。我也跟着沾光，硬头皮对电台的话筒说了几句应景的话，因为紧张，话说得结结巴巴，速度快得像吵架。总算躲过了电视摄像机的追踪，这玩意仿佛冲锋枪似的对着人，想到了就怕，就忍不住尴尬。

藏书是公子哥玩的事，父亲的藏书也不能算太大例外。藏书得花本钱，藏书是无底洞，而且藏必有失。父亲有篇文章《四起三落》，专谈自己藏书的不易和艰辛。喜欢藏书的人很多，像父亲那样锲而不舍持之以恒，果真藏出些名堂的人并不多。父亲的藏书遭过三次难，都是灭顶之灾，能有现在的结局，可谓万幸。

父亲的藏书第一次遭难是在抗战胜利时，那时候他未满二十岁，从四川回上海，船在中途出了些意外，收藏的几篓书都叫水淹了，抓在手上湿漉漉地往下滴水，父亲“于心不忍，于心不甘，当即发誓：今后要一一重新买过”。祖父在《东江行日记》里写道：“三官犹谓将重行购买，以补此缺憾云。”过了几年，父亲的藏书果然又成气候，他开始大量写文章，各种体裁各种题材，样样都写，所得稿费全部换成书。当时住在小阁楼上，除了床，到处都是书。书多了，于是有了第二次个人藏书史上的灾难。这灾难是自找的，书呆子一般的父亲，突然大义凛然，乔装打扮，伪造了身份证，去苏北解放区投身革命。为了赤条条来去无牵挂，父亲把个人的藏书统统捐给了开明书店。开明书店后来变成了中国青年出版社，在这家出版社的资料室，肯定还能找到盖着“叶氏至诚藏书”印章的图书，这枚印章来头也不小，是由钱君陶先生篆刻的。

第三次打击是史无前例的“文化大革命”，父亲的藏书死灰复燃东山再起，到“文革”前夕，又聚集五千六百多种。他是臭不可闻的右派，我母亲是名演员，自然都属于打倒在地再踏上一只脚之列。“造反派”一纸勒令，限三天内将藏书送到指定地点，结果父亲用小板车搬上搬下，足足忙了三天。前两次藏书受挫，和我没任何关系，到了第三次，却是亲眼所见。我那时候勉强十岁，该懂的都懂了，父亲没让我帮忙，也许他觉得我小小年纪，犯不着为“封资修”的黑书脏了小手。据父亲估计，“文化大革命”中藏书被没收，以后又归还，损失大约十分之二，其中惨重的是中国文学，无论古典或是现代，统统被人偷光。

到了今日，父亲的藏书又大成气候。究竟有多少册，大家都懒得去计算，我们父子合起来共有十四个书橱。现在问题是书多了没地方放。房子就那么大，人都不够住，要那么多书何苦。藏书是癖是毛病。父亲藏书，和真正的藏书家比起来，实在旁门左道，小巫见大巫。不是有钱的大阔佬，成了不货真价实的藏书家。藏书首先得有钱，多多少得有些钱。其次是舍得花钱，再次书价要合理的便宜，好的藏书家必须有一些地道的生意人精明，而我父亲太老实厚道。

藏书要有一贯性，得专一，得把条目分得极细，得收珍本善本。所有的藏书家都对版本学有兴趣，父亲却从不考虑版本因素，几乎没什么线装书，更谈不上什么价值连城的宋版明版书。父亲藏书完全凭个人兴趣，喜欢什么买什么，是典型的实用主义。藏什么样的书，对他来说并没有严格限制，买书是为了看，其次才是藏，这就是父亲的藏书原则。

当然，买多了，本本都看也做不到。买与看之间的距离总是越拉越大，买书多的人恐怕都会有这种体会。父亲说过，他不断地买书，“无非是积习难改，无非为藏它起来”。我总觉得，父亲藏书是基于读书破万卷的心理，读书破万卷一直是父亲终生奋斗的目标。当然，这目标又和父亲童年时的作家梦分不开，在文学的起步上，父亲可谓是少年得志，比我比他的同龄人有出息得多。早在在三十年前，他就是个很不错的小说家，朱自清先生曾盛赞父亲的小说有灵气，评论界一度将祖父比作中国的契诃夫，其实就创作势头看，父亲如果真能不放弃写小说，他的成就也许不会比祖父差。

祖父作为中国第一代创作现代小说的作家，他的文学目的和为人生这个主题紧密相连，从本质上来说，祖父是教育家，而父亲更多的是注重艺术。祖父以小说为工具，父亲则以小说为目的。祖父在教育家的桂冠之外，可以有一系列附加的小桂冠，诸如出版家，编辑家，作家等等，父亲却只希望能做职业的作家。

父亲的藏书始终围着作家梦想转，他几乎是个天生的小说家。还在读中学时，他便看透了学校教育和作家的格格不入。他把绝大多数的精力放在阅读外国小说上，这还不算，他竟然敢干脆脱离学校。除了坏孩子，只有那种特殊野心的人才敢不把中学念完。小小的年纪，父亲便把自己的全部精力投入到了写作上。为了使笔锋犀利，父亲什么样的文章都写。他的稿费收入使得个人藏书成为一种现实。几年以后，他考上了上海戏剧学院，先学演员，再学导演，然而都是因为没兴趣，学了一阵便又改行。

作家梦纠缠了父亲一辈子，很显然，父亲的藏书和他各时期喜欢什么样的作家分不开，去苏北解放区之前，他收藏作品以欧美为最多。他曾是俄国作家的忠实读者，又对当代活着的作家纪德、斯坦倍克、海明威、萨洛扬等兴趣浓烈。投身革命以后，父亲的藏书中苏联文学的比例大大地增加了。到目前为止，我们家的藏书依然是苏联文学作品数量最多。我一向自以为是地觉得，父亲的投身革命，也和他的藏书一样，只是为了将来当作家，为当个出色的职业作家做准备。对于一个梦想当作家的人来说，父亲的准备实在太充分。

作家是时代造成的，父亲的悲剧在于他遇不上一个适合于他的时代。他的文学刚刚起步，势头和行情正在看好，却突然意识到自己的路走不通。父亲显然意识到自己不可能改变时代，因此只能脱胎换骨改变自己。改变自己是一代中国知识分子的悲哀，改变的结局只能是失去自己，老舍先生的后期创作和巴金先生新中国成立后的一些作品都能说明问题。为了跟上时代，父亲一直在改变，诚惶诚恐地学习，不停地反思。在允许的思考中，父亲伙同方之陆文夫高晓声之辈，打着“探求者”的旗号，想办一个能表现些自我的刊物，结果刊物没办成，却造就了几个不识时务的右派。

一九五七年的“反右”对父亲是次致命的打击，这打击摧毁了父亲的作家梦。成为右派的父亲下过乡，炼过钢铁，他并不坚强也没办法坚强。当作家的意志垮了，难能可贵的是他还继续藏书。藏书的目的终于开始模糊不清大失分寸，在孤寂的岁月里，父亲藏过小人书一样的外国电影连环画，近乎机械地买过各式各样的新鲜应时读物。他买了为数不少的马列著作，各种版本的毛选，数不清的旧戏曲剧本，作家梦和藏书行为逐渐分离，藏书行为真成了一种习惯、一种毛病。

父亲的藏书是时代的讽刺，记录了一个莫大的悲剧。一个梦想着献身艺术，梦想着成为职业作家的年轻人，几经沧桑，结果只成了一个不断买书看的看客。创作的激情随着岁月销蚀，无数的灵感也一去不返。时到今日，除了偶尔写点散文，父亲很难再动笔写小说，欢乐极兮哀情多，少壮几时兮奈老何。又所谓老来万事付无心，巧语不如喑，父亲岂是那种当了藏书状元就能满足的人?

借书满架

近来买书越来越少，首先因为书贵，其次因为书多了没地方放。父亲是南京的藏书状元，家里是房间就有书，书占了太多的空间，书挤人，人只好反过来再挤书。我虽然搬开来住了，个人藏书不敢和老父亲比，但是不几年也有了六橱书。

书多了也累赘，于是借书成癖，借书有许多好处，譬如人再聪明，买书也有买错的时候，多厚的一本书，付款前看走了眼，临睡觉倚枕享受，越看越煞风景，气得睡不着觉，连做梦都喊冤。又譬如买书往往不看，书买回来以后，明知是好书，却为了反正是自己的，由先不着急看，渐渐变为忘了看。又譬如买了好书怕人借，过去有种说法，借人书一痴，还人书一痴，有了好书最怕人借，最怕好朋友借，借了不还，心里不痛快，只好赌气再去买一本。

借书则没有这么多烦恼，花钱买书是明媒正娶，借书则只是谈朋友。好歹是借的，不好看还了拉倒。借了要还，想不抓紧看完也不行，买书可以不读，借书舍不得不看。借来的书不怕借，借出去了，也可以名正言顺跟别人要，书是图书馆的，是公共财产，追讨起来理直气壮冠冕堂皇。

我说的借书满架，当然是借公家的书。个人的藏书再多再丰富，和图书馆比起来，一定小巫见大巫。其实我直到读大学，才第一次尝试借书。在此之前，我一向觉得自己家有万卷书，读都读不完，干吗还要去借。真正尝到借书甜头是在读研究生期间，动手写论文前，我把大量的时间都花在阅览室里，翻了数不清老掉了牙的旧报纸旧杂志，临回家，必是贪得无厌地借几本书，连夜苦读，第二天依然如故。那段时间，我真应该算是一位用功读书的好学生，天天不到深夜一点绝不睡觉。南大中文系的一间大教室里，珍藏了大量民国时期出版的图书，就阅读而言，我可过足了瘾。

我的书橱有一层专门用来放借的书，凡是能借书的地方我都大献殷勤，名正言顺的不算，诸如我父亲过去的单位现在的单位，我爱人的单位，是地方我就插上一脚。这些年来，我每隔三年五载便换单位，因此能借书的点不断增加壮大，一有空就拎着一包书东走西窜。借书满架实在其乐无穷，再也没什么比死的书橱中，有一个流动的活书架更让人赏心悦目。

书是人类的朋友，读书是心灵之间的交流，买书的黄金时代已经过去，喜欢读书却又有些阮囊羞涩的人，口袋里有钱房子又太小的人，不妨以我为师，在经济实惠的借书上下下功夫。个人很渺小，集体非常伟大，公家的书不看白不看。一粒米一滴水都不应该浪费，一本书放在那不看太罪过。

文学没有世家

教育肯定是重要，小时候在学校读书，经常听说世界上没有无缘无故的爱，没有无缘无故的恨。毛孩子对爱恨始终朦胧，无非人云亦云，习惯成自然。公共教育的直接后果就是，我们特别热爱毛主席，热爱共产党，热爱雷锋；特别痛恨美帝，痛恨苏修，痛恨地富反坏右。

家庭教育就有些不同，如今回想，我小时候最大的烦恼，是很少被鼓励，很少受表扬。父亲在这方面出奇吝啬，儿子什么都不对，这也不行那也不好，唱歌，五音不全；写字，东歪西倒。在公众眼里，他忠厚老实为人低调，却喜欢高调对付儿子，总是打击我的积极性，害得我永远也不知道自信。

父亲是个右派，过去我总认为，他这样是因为遭受了挫折，一朝被蛇咬，十年怕井绳。他坚决反对儿子走自己的道路，不赞成我看小说，不希望我写作。和大文豪苏东坡一样，他希望我平平安安，根本不在乎有没有出息。

后来我发现不完全是政治原因，意识形态是一方面，天性是另一方面。父亲不自信是天生，他是最小的孩子，我姑姑经常笑着说，你爸太笨了，连个最简单的拍皮球都不会，他吃苹果总是连核一起吃下去，最后只剩下一根细棍。长辈们说起父亲都是荒唐，抓笔的姿势不对，拿筷子也不对，走路歪着肩膀，老是长不大，经常交些不三不四的朋友。

反正屡犯错误，这样的人当右派，理所当然。不得不怀疑他是在儿子身上找平衡，父亲小时候一定受到了太多暗示，这不行那不行，结果越来越不自信。现实生活中，他很少说别人不对不行，可是对我，他很少说儿子对儿子行，我差不多是唯一可以让他说不对和不行的人。

父亲生前常说中医可以传代，画画可以传代，唯有写作继承不了。他从未想过要培养儿子当作家，真的没有，绝对没有。可惜离开人世已十八年，他要是活着，听到文二代这个词，一定会痛加指责，一定会讽刺挖苦。俗话说富不过三代，周立波笑侃富二代，说这个二代，其实是马上就要结束完蛋。文二代真能成立，我想大约也是这意思。

文学从来没有世家，一个人能不能成为作家，由社会决定，全靠个人努力。文学是一种反叛，不仅反叛社会，还要反叛家庭。尽管解释了多遍，使劲撇清一再说明，别人还是不太相信，不相信我成为作家与家庭无关。按照流行说法，我既是文二代，也是文三代，怎么也脱不了干系。但是这并不是真相，所谓文几代，不管二代三代甚至四代五代，都蒙人，都与真正的文学不沾边。

2010 年 3 月 24 日

最初的小说

最初的小说写在台历背面，如今回想，很有些行为艺术，仿佛在玩酷。记得是方之先生教唆，他听我说了一个故事，瞪大眼睛说：“快写下来，这很有意思。”受他鼓励，我开始不自量力，撕下几张过期台历，就在纸片的背面胡涂乱抹，还没写完，方之迫不及待要去看，一边看，一边笑着说不错。

三十年前，方之是江苏最好的作家，今天再提起，知道的人已经不多，必须加些注解和说明，譬如英年早逝，譬如曾获得全国短篇小说奖，譬如是当代作家韩东的爹。他是父亲最铁的难兄难弟，他们一起被打成右派，要不是这位父执，我也许根本不会成为一个小说家。

说到方之的影响，最明显不过是两件事，一是想写立刻就写出来，不要犹豫；一是要挑剔，看看别人还有什么不足。记得方之当年经常挑剔得奖的小说，总是喋喋不休，他是个仁慈的长辈，又是一位很有脾气的作家。从一开始，我脑子里就积累了许多不是，就有许多不应该，就一直在想，不能这么写不能那么写。如果你要想写小说，首先要做的便是和别人不一样，世界上有很多好的短篇大师，后人所能努力的方向，就是必须与那些好的小说家们不一样。

转益多师无别语，心胸万古拓须开。单纯模仿很搞笑，以某位好小说家为好坏标准，罢黜百家独尊儒术，也很搞笑。短篇小说说白了，就是考虑不能怎么写，就是考虑还能怎么写。这是一枚硬币的正反两面，又好比鸟的两个翅膀，只要扇动了，就可以在高空自由翱翔。

小说是时间艺术，是岁月留下的验证痕迹，无论描写之实际内容，还是创作之特定年代，时间都会显得至关重要。我习惯随手写下具体的写作日期，可惜发表时，有的被编辑随手删除，有的反复遭退稿，最后虽然得以发表，真实日期也不可考。今年年初，我出版了三卷本的短篇小说，以编年形式，尽可能根据写作顺序，实在记不清楚，便退求其次按发表时间。

短篇写作没有一定之规，唯一可以界定的是字数。反正要短，最好要短，究竟多少字，大家约定俗成。最后还得解释一下，方之让写的小说叫《凶手》，约一万字，故事很简单，一个恶少走进一家小工厂，反复向一个沉默的年轻人挑衅，年轻人始终不说话，最后众目睽睽之下，将恶少杀了。这篇小说当年到处乱投，有一次差点要刊登，反正转来转去，最后就没有了。

2010 年 4 月 15 日

发表第一篇小说

上世纪七十年代末，恢复了高考，大学生像刚出炉的烧饼，很受大家爱戴。我们逃学出去玩，晚上住小旅店，女服务员听说是穷学生，只收半价。那年头刚改革开放，什么都明码实价，所谓对折既不合理，更不合法，开票时特别说明，两个人只收一人钱，另一个算是白睡了。

除了大学生，当时社会上还有一种人吃香喝辣，那就是作家。全民大写作，学文科的更是集体中魔，都胡乱地写小说。同学间经常交流作品，华山比武，喝着白开水论英雄。我因为贪玩，胆子小，起步又晚，偷偷写了，不好意思拿出去。前些天遇到老同学，回忆当年，他百思不解，说当初还真看不出来，你这家伙日后会写小说。

我也没想到后来会当作家，中文系的一位老先生把我叫去训话，他认识祖父，又了解父亲，对我这位弟子有些严格要求。规定每天两小时外语，两小时古文，每周一篇散文，每月一篇小说。我觉得这任务太重，因此基本不去上课，每天外语古文，打排球，不时地写散文和小说。

当时真的很贪玩，同学们都觉得我不务正业，不考试绝对不碰教科书。大学二年级的那个夏天，我独自一人骑车去无锡，二百二十公里，一天便到了。当时国道都是碎石子路，自行车轮胎磨得仿佛刚刷过黑漆。好汉不提当年勇，年轻真好，能够疯玩，也能疯写。外面玩了一气回来，剩下的假期中，又接连写了八个短篇。

其中两篇同一天完成，父亲看了刚写完的小说，说这个有些意思，我帮你抄出来。他抄，我继续写，抄完了，新小说也写完了。结果发表在当年的两个不同刊物上，都是十月号，按写作顺序，《雨花》这篇在前。《青春》是处女作专号，我从未公开发表过小说，便以清白之身混迹其中。

事实上，之前写过两篇小说，一篇是《凶手》，还有一篇是《傅浩之死》。前一篇无影无踪，后一篇后来发表在马鞍山的《采石》上。不管怎么说，写小说和发表小说，一开始没让人太为难，真跟玩一样。很快遭遇发表不了的瓶颈，接下来整整五年，我的生产能力依然，小说一篇也发不了，退稿像鸽子一样不时地飞回家。

童年时曾幻想过很多美好未来，父亲和祖父一再叮嘱，长大了干什么都可以，千万不要当作家。可以这么说，是源源不断的退稿，让我走上了不归路。有一段日子，写作变成了赌气，因为赌气，不知不觉染上写作的毒瘾，欲罢不能越陷越深，最后只能在这棵老树上吊死。

2010 年 4 月 16 日

两件最得意的事

进入了独生子女时代，孩子们的要求常常不允许被拒绝。朋友儿子上中学，是学校文学社的骨干，心血来潮一定要采访。打电话过来，说别给我搭架子，这个忙不帮，就不是哥们。朋友又说，我才不把你当回事，儿子吃错了药，非要把你当根葱，你就受累说几句吧。

于是这孩子说来就来，戴着眼镜，拿着笔，拿着小本子，还有一个可以录音的小玩意。事先准备好了一堆问题，大的人生小的八卦，应有尽有五花八门，害得我这个当伯伯的认真不是，不认真也不是。很多问题与记者平日问的如出一辙，事后跟朋友汇报，夸他儿子有想法，懂得多，跟真记者一样。朋友也是玩媒体的，当着官，有一大帮手下跑新闻，说别借我儿子骂人，是不是想说记者都像我儿子，都是些没长大的毛孩子。

我无话可说，朋友敢得罪，记者却不敢冒犯。反正活也完了，孩子也哄了，跟朋友一起吃饭喝酒，话题继续围绕着后代。朋友说你不厚道，问你最得意的事是什么，干吗藏着掖着，非要有用“人生不如意十之八九”来回答，害得我儿子年纪轻轻，情绪很悲观，对未来一点信心都没有。

我喝了点酒，不胜酒力，叹气说悲观也好，现在的孩子都太自信，不妨让他们有些挫折感。朋友说我起码就知道你有两件事是最得意的，第一件，当年考上大学，第二件，当上了专业作家。我让他说得不好意思，唯唯诺诺想辩解。朋友又说，别跟我打马虎眼，我看过你的文章，你自己也承认，不上大学，你这个小工人早下岗了，不当专业作家，没有政府养着，你写个驴。

又一次无话可说，人不可以没有感激之心，朋友提到的这两件事，无疑是我人生中的最得意。先说考大学，如果不恢复高考，我今天会怎么样，真说不清楚，当年的工厂早就倒闭。考上大学没什么了不起，不承认幸运，这就不对了。至于当专业作家，更要谢天谢地，遇到海外作家同行，听说我们被一个机构养着，无不羡慕眼红。放眼全世界，能靠写作养活自己的作家并不多，被人包养听上去很难听，很屈辱，可确实占了大便宜。

这些话对孩子解释不清楚，先说考大学，当年没大学上，现在一个个都痛恨高考。当年只要考上，前途一片光明，现在大学毕业，找不到工作。当年只要得个文学奖，户口也解决了，工作也解决了。现在你再努力写作，即使比许多专业作家写得更好，也未必有人肯包养。此一时彼一时，同样上大学，同样写小说，机会已完全不一样。

2010 年 4 月 17 日

被包养的作家

承认被包养让作家很难堪，尽管事实就是这样，白纸黑字，铁板上钉了钉。真相不容狡辩，你不用去上班，拿着不愁吃穿的薪水，两耳不闻窗外事，在家胡思乱想写东西，看上去真与二奶差不多。

把作家与二奶联系在一起，是典型的中国人思维，这里面隐含着鄙视和不屑。大房也是养，但是作家们似乎还不够格，被养也只能算作偏房，是二奶，只给一口饭吃。很显然，一个“养”字不足以羞辱人，西方也乱搞男女关系，人家你情我愿，在性上或许更开放，从来没什么二奶之说。

看一看古今中外历史，靠写作养活自己的作家，真的不是很多。被包养确实不光彩，这是专业作家集体无能的表现。可是说白了，谁养都是养，这就是写作者的悲哀和宿命。你不是被作协养，就是被大学养，或者被某某基金会接济，或者被某个大老板签约。所谓被市场养，听起来名正言顺，堂而皇之，有时候却也挺凄惨，因为市场更会让人不由自主，更可能牵着作家的鼻子走。

对于一个热爱写作的人来说，专业作家这行当，虽然是中国特色，却无疑是最佳选择。和古代科举制度一样，它的弊病十分显然，最终会被废除也是必然，不过好处不能完全否定。跟海外作家交流看法，大家都十分羡慕这个可以安心写作的机会。桥归桥，路归路，专业作家不是宫廷作家，巴尔扎克也曾被富婆包养，托尔斯泰是庄园主，纪德和茨威格因为良好的家庭出身，从来不为生存担忧，他们都成了优秀作家。

作为受益者，作为体制内的专业作家，我不应该得了便宜再卖乖，左右逢源，简单说好说坏。作协最该让人诟病的，不是好心养了若干作家，而是不能彻底公平。许多优秀作家因为这样那样的原因，被拒绝在体制外，记得国内一家有影响的杂志笔会，一位作家便发出怨言，说都是写作，为什么有的管饭，有的就没人管。没人管的是“自由”作家，实际上是一种被自由。我常想到死去的顾城，以他的文学成就，早该被“包养”，偏偏没这幸运。说来让人心酸，生存恐惧曾是顾城最大的苦恼，如果他也被“包养”，也许就不会出国，就不会发生后来的惨剧。

自由写作是文学底线，作家并不神圣，神圣的只是写作这个行为。当代中国文学还不够出色，时时遭遇被“垃圾”，过错不是包养，是被包养以及未被包养的作家努力不够，未达到应有的高度。我们应该扪心自问，应该时时自责，应该更加努力。公众有权愤怒，有权骂娘，然而事实就是事实，该怎么说还得怎么说。

2010 年 4 月 18 日

命题作文

没人不害怕命题作文，每到高考时，就会有好事者居心叵测，很诚恳地打电话来，让你凑个热闹，与高考的学生同场竞技，写一篇命题作文。很多作家掉进了这陷阱，不知深浅想露一手，自以为是地缴了稿，结果被阅卷老师一顿痛扁，横挑鼻子竖挑眼，想后悔已来不及。

作家写好高考作文是应该，因为你是干这个的，吃的就是写手饭，写好了也不会有人真正叫好。然而写不好几乎是必然，毕竟命题作文与自由写作是两码事，各有各的门道，挨骂也就在情理之中。俗话说隔行隔山，命题作文和文学创作都是体育运动，都要有良好的身体素质，如果缺少专业训练，打篮球的人打不好乒乓球，这很正常。

小时候，父亲从来不关心儿子的作文，当时社会风气非常可笑，一会儿读书无用，除了政治学习；一会儿又说学好数理化，走遍天下都不怕。记忆中，我的作文非常差，差也没关系，好坏差不多，反正高中毕业没大学上。倒是祖父有些传统，与父亲一样，他不希望小辈当作家，却从不反对我写。他总是鼓励我多写信，我因为无话可说，便把学校的作文寄给他看。他于是像一个地道的语文老师，很细心地改错别字，用很认真地口吻与我商量，这句有什么不妥，那句改一改是不是更好。

祖父一直认为写作是一种能力，不管当不当作家，一个有点文化修养的人，能写会写是应该，也是必须。他反对言之无物，反对不规范的句式，反对年纪轻轻无病呻吟，在文章中没完没了地发牢骚。祖父的态度让我想起了沈从文先生的观点，他觉得一个人只要认真写，努力写，多写，自然而然就会写好。

过去三十年，我一直在试图多写。有人天生聪明，出手便好；有人迟迟不开窍，怎么忙也接近白搭。很害怕成为第二种人，因为自己显然不属于第一种。世界上很多事并不是黑白分明，很难说清楚认真写、多写，还有硬写，它们的界限在哪。有时候只有硬写，才能柳暗花明，硬写了，才变得会写。谁都害怕凭空而来的命题作文，谁都知道这玩意没意思，可是事实上，堂而皇之说着文章要从心底淌出来，应该怎么写和写什么的时候，我们仍然没办法回避硬写。

说白了，所有文章都可能是命题作文，只是喜欢和不喜欢。有时候不喜欢是遮羞，底牌是并不擅长，或者压根不会写。能力就是水平，水平又反映了能力。千古名篇《岳阳楼记》是现成例子，这是地道的命题作文，范先生仲淹没去过岳阳楼，可活生生地把文章给写好了。

2010 年 4 月 25 日

砚田的收入

上世纪九十年代初，我在台湾出了第一本小说集，以后又接连出了十多本。稿酬是美元，一本书一千六百美金订金，当时工资是二百多元人民币，兑换比价差不多一比十，手上捏着一万多美金，对于一个穷惯了的小说家来说，俨然有了小富户的架势。

有一天，伯父从北京来，母亲告诉他我拿了十多万美金。伯父很吃惊，觉得这是个天文数字，我连忙笑着解释，母亲弄不清楚比价，已经换算过了一回，应该相当于十多万人民币，不能再乘一个十。那年头，真有十多万美金，都可以买最高档的花园洋房了。

一转眼过了快二十年，在台湾出一本书，仍然还这价格，还是一千多美金，比价掉了许多。在香港出书，更是丢脸，基本上等于不给钱了。粗粗一算，二十年前一本书的收入，相当于五六年工资，现在呢，连两个月都不到。这个起码可以说明台湾和香港的现实，日子越来越好过，经济越来越富裕，文化人的收入并不乐观，还是老样子。

在大陆也这样，上世纪八十年代，发表一篇短篇小说，相当于普通人两个月工资。当时收入差别很小，还没有贫富悬殊的问题。

现如今发表一篇短篇小说的稿酬，基本上是工薪阶层的一周收入。根据国家稿费标准，千字五十到一百，一个短篇也就七八百元。当然，每人的情况会有些不同，我说的是普遍现象，是通行的标准。如果《小说月报》还能转载，还能收到别的集子里，还能出书，当然还会再有点收入，不过肯定有限。

在信息时代，总会见到一些吸引人眼球的数字，譬如某作家的一本书，拿了上千万稿费，拿了几百万预订金，卖了多少钱的版权。不能说这些都是假的，有水分却是一定。我的一部长篇就有拿了百万大奖的报道，人们都看到了这条错得离谱的新闻，相关的辟谣和更正，基本上没人注意。

当代中国作家谈不上穷，谈不上富，这很正常。像上世纪的八九十年代那样，写写小说就挣了不少钱，反倒有些异常，不合国际惯例。让市场来决定，听上去残酷，毕竟更公平。避席畏闻文字狱，著书犹为稻粱谋，旧时读书人以文墨维持生计，把砚台叫作砚田，不过是混一口饭吃。鸟为食亡，人不为财死。“非诗之能穷人，殆穷者而后工也”，所谓穷而后工，只是一种说法，也是一种高调，其实不穷不富，才最适合写作。太穷了，成天忙于生计，没办法写。太富了，掉在钱眼里，也写不好。

女儿曾经问我，当初开始写小说，有没有想过稿费。我说没有，这个是真的没有，糊里糊涂地就写了。女儿又问，如果有一天没稿费，还会不会写。我说当然会写，只要还有一口饭吃，还会写，唐诗宋词没拿过一分钱的稿费，不是照样写出来了。

2010年4月27日

不喜欢屈原的理由

无意中看电视的文化节目，画家范曾正孩子气地背《离骚》，因为剪辑，开头几句还明白，后面便不清楚了。总之是背完了，据网上介绍，他七分钟就把近三千字的《离骚》背完了。这相当厉害，不由感叹，那么一把年纪，还能记住。

如果久经考场，背《离骚》也没什么，我们小时候背毛主席语录，背“老三篇”，基本上都能倒背如流。难就难在上了年纪，难就难在一口气不停顿。若给人一支笔几张纸，允许慢慢想，这活儿或许容易许多，毕竟默写有停顿，注意力也容易集中，可以一边写一边想。当众背诵仿佛演员念台词，具有表演性质，说走神就走神。

凡是中文系出身的人，为了应付考试，都被《离骚》折磨过。它不仅漫长，而且佶屈聱牙，有的字，查了字典还不会读，有的字，会读却不知道意思。记得大学时讨论，一位来自北京的高才生怒不可遏，气鼓鼓地说屈原一点都不谦虚，从头到尾自吹自擂，一个劲地自我表扬，都是我怎么好，别人怎么不好，这叫什么事呀。

《离骚》在文学史上有着非同寻常的地位，但是很长一段时间里，我总是喜欢不起来。理由一，恰如那位同学说的那样，见过自恋的，没见过这么自恋的，众人皆醉我独醒，凭什么说你是醒着。众女嫉余之蛾眉兮，谣诼谓余以善淫；理由二，是忍受不了他的忠君思想，为什么要对愚蠢的楚王那么忠心耿耿。

屈原一生，都想成为伟大的政治家，治国平天下。事实却是只能洁身自好，长年沉浸在理想的虚幻中。百无一用是书生，屈原放逐乃赋《离骚》，这是苦难出诗人的最好例子，也是文人不得志的安慰剂。东晋的王恭有句名言，“但使常得无事，痛饮酒，熟读《离骚》，便可称名士”。这位仁兄是熟读了《离骚》，可惜不会带兵打仗，结果兵败被杀。

这些年来，谈不上多喜欢《离骚》，可是常用它来检验记忆力。遇到无聊的会议，当官的喋喋不休，作家们胡说八道，无良学者慷慨陈词，我就假装在记录，想一段写一段。说老实话，到今天这把年纪，脑袋里储藏的玩意，是黄鼠狼拖鸡，越拖越稀，说不定哪一天，今天还能默写的那些句子，说没就没了。

不喜欢屈原的理由，其实都站不住脚。他自恋，文人都自恋。不喜欢佶屈聱牙，在两千多年前，他只能用这种腔调说话，我们今天习惯的时髦词，他老人家不会。当然，最糟糕的是他只能忠君报国，毕竟是书生，毕竟一腔热血，君王昏庸报国无门，也不是他的错。

2010 年 4 月 30 日

皇帝跑哪去了

很多年前，爱画女人的画家朱新建还是翩翩一公子，初次见面，送给我一本新出的连环画，是江苏少儿出版社的《皇帝的新衣》。他的构思很有意思，皇帝不是赤条条，而是穿了条小红裤衩，胖乎乎的，像一头棕色的小肥猪。

为什么皇帝的皮肤是棕色的呢，我想不明白，也许这个颜色配上鲜艳的红裤衩，更好看更性感。也许画家本人有这偏爱，他心目中的皇帝就这样，不是白人，不是黑人，也不是黄种人，得有点肉，瘦骨嶙峋便不好玩。如今回想起来，这么设计既有时代特色，也符合艺术表达的要求。一条小红裤衩还是必要的，你总不能有伤风化，真画一个光屁股的皇帝给天真的孩子们看。

那是20世纪的70年代，思想刚刚解放，改革已经起步，艺术学院正在讨论能不能裸体写生。结果当然是可以画应该画必须画，害得青春期的我们心猿意马，在背后经常议论，十分羡慕美术系留长发的男生。那年头，能将皇帝的小红裤衩剥去，令真相能大白，是一件多么愉快的事。

安徒生的童话很多，除了《卖火柴的小姑娘》，还能让人牢记在心的，就是《皇帝的新衣》。这故事家喻户晓言近旨远，我们侃侃而谈，准备说大道理，常会莫名其妙地理直气壮。都是文明人，有着一肚子文化，都相信自己就是那个敢说真话的孩子，然而很不幸，我们常常不是。

如果我们是皇帝就好了，被骗就被骗，毕竟还是吃香喝辣的陛下。如果是骗子，这也不坏，被骗一乐，骗人也一乐。生命不息，骗人不止。偏偏我们只是普通人，只是看客，只能插科打诨。有时候，我们还会在无意中跌入陷阱，不知不觉中处于困境。

皇帝有没有穿衣服，说简单，也不简单。经验中的皇帝显然一丝不挂，这已成为一种思维定式，成了习惯，事实可能不完全这样，譬如朱新建版的《皇帝的新衣》，就穿着小红裤衩。现实生活是人云亦云，我们都觉得自己说真话，真相却是，只是跟在别人后面学舌说了真话，皇帝还有条鲜艳的小红裤衩。

一条小红裤衩足以挑战一个传统故事，当然还可能有更大的颠覆，不只是有没有小红裤衩，而是在我们的面前压根没有什么皇帝。皇帝并不在现场，他不知道跑哪去了。眼下的许多装模作样的争论就是这样，有没有皇帝已不重要，我们面红耳赤，我们口若悬河义正词严，站在甲方乙方的立场，只图说得痛快，将经验主义的错误犯得肆无忌惮。

皇帝的缺席，是《皇帝的新衣》的最新版本。

2010 年 5 月 2 日

三次中学讲课记忆

有过三次在中学讲课的经历，每次都很失败，都有种挫折感。一朝被蛇咬，十年怕井绳，再遇到类似机会，我总是十分诚恳地请辞。尺有所短寸有所长，有人天生会说，有人天生不会，像我这样，跑到中学去胡说八道，真的是不太合适。

第一次去中学讲课，是因为推脱不了。朋友兼邻居有个宝贝女儿，不知道怎么跟别人吹牛，说同一个楼里还住着一位傻乎乎的作家。消息传进班主任耳朵，下了指示，一定要让我去现身说法。女儿便回去命令父亲，父亲又来说情，软磨硬泡仁至义尽，我不知深浅，稀里糊涂答应了。

这是我第一次给学生讲课，朋友的女儿又高又大，有些早熟，按她的模样打了腹稿，没想到一走进教室，全是半大不小的毛孩子。还没打上课铃，几个调皮捣蛋的小家伙又喊又叫，在面前追过来跑过去。讲课过程让人沮丧，原来准备的话，根本没办法说出口。孩子们瞪大了眼睛，似乎在等我说什么，然而只要老师不监视，立刻显现出了顽皮本性，不是做鬼脸，就是相互打闹。说什么已不重要，我不由走神，想起了自己的初中时代，那年头，我们也这样，只要老师不管，谁在上面说什么都不会听。

第二次是去女儿学校，更是硬着头皮，既然为别人女儿出过场了，自家的事只能当仁不让。这一次讲课对象是高中生，属于讲座性质，让学生自由旁听，女儿因此得以逃脱，总算没看到老爸如何出洋相。我建议学生不要看报纸，不要信宣传，因为现在的许多孩子，一写作文，都是报纸上的口吻，都是大话。事后女儿问一男生，我老爸说得怎么样，男生一脸不屑，说“一××糟”。这是典型的南京口语，中间两字有辱斯文，意思是一塌糊涂。

有了两次不成功的经验，再来第三次，多少有点愚蠢。第三次是去一所中学给文学社的同学讲课，记不清怎么就答应了，很诚恳地说了一番，苦口婆心，告诉同学们没必要立志当作家。该读书，还是应该读书；考大学没意思，该考还是得考。拼命说作家伟大，其实是个谎言，千万不要觉得写作崇高，硬逼自己走文学的道路。写作是件自然而然的事情，应该水到渠成。

我显然太不会说话，不会表达。尽管态度认真，可是有学生比我还认真。终于讲课结束，一名戴眼镜的学生拦住我，说作家没有多伟大，难道鲁迅不伟大吗，又说他弃医从文，以文章治病救人，这难道不崇高吗。他比我还会说，虽然年长了好多岁，我竟然说不过他。

2010年5月4日

也说经典

贵州的何锐兄电话，每次都像地下党接头，充满了神秘气氛。总是用低沉的声音，直截了当地问："最近在搞什么，能不能搞篇小说?"电话很突然，没有任何铺垫，我一时不知该说什么，既要琢磨这是谁，又担心会不会有人开玩笑，这年头有太多的骚扰电话，正踌躇着，就听见他声音更加低沉，语气也加重了："我是何锐!"

这年头好编辑不多了，痴心热爱编辑工作的更稀有，何锐起码还能算一个。主持《山花》许多年，说到省级刊物的全国影响力，这本杂志名列前茅。用流行的话讲，绝对属于第一方阵。前些日子，又玩起新花样，说是新编了一本书，将自认为是经典的小说结集出版。承蒙赏脸，也选了在下一篇，选就选了，却还不就此放过，电话嘱咐，一定要写篇散文说经典。

不忍心断然拒绝，只是敷衍着。这年头，很多事采取拖延战术，拖着拖着就敷衍过去。就在觉得差不多之际，大事化小，小事化了，已忘到了九霄云外，何锐的电话又来了，说谁搞好了，谁也搞好了，你的搞了没有，什么时候交稿，人家出版社正等着，就缺你了。

一时间，我想到了要赖，说关于经典，真的没什么好说。我知道何锐是个非常顶真的人，而我也就是看上去顶真，熟悉的朋友都知道，我其实经常稀里糊涂。跟他商量，能不能不写，他立刻用了断然的口气，说“这个不可以，这个绝对不行”。根本没有商量，别人都写了，你为什么不能写，别人都可以说经典，为什么你就不能。

很多年以前，作家方方在主持一本很好的刊物，也曾命令谈论经典。我这人有两个特点，一是不认真，一是耳朵根软。无论什么样的文章，只要是硬逼，总是会写的。给方方的那篇文章内容已忘光了，有个意思还能记得，就是根本不相信什么经典。经典通常是瞎胡闹，是自说自话，我只相信是非，是非很简单，一辨就明白。

每个人的心目中，都可以有经典。所谓经典，就是我们认定的好东西。是人都有向善之心，然而人各有志，有不同的人，就有不同的经典。何锐认真，也有些天真，他觉得是经典，很显然未必就是。譬如在下的文章，贸然挤进身去，很可能遭到有识之士的痛骂。

按照我的傻想法，经典这样会招惹是非的字眼，最好少用，最好不用。当然，这也许并不是何锐的本意，他不过想编一本好看的书，无意中想到了一个抓人眼球的经典。有没有非议不重要，说不定能引起争论，正是出版方所希望。

2010 年 5 月 14 日

不得不再说的经典

何锐兄认死理，非得让人谈经典，我无话可说，强调自己从来不相信这个。他电话威逼，又来了一封信，坚决不肯放过。遇上朋友固执该怎么办，要么你更固执，装傻，干脆不理他。要么就认倒霉，还是装傻，他要求怎么样，你就顺着他说。

何锐兄认为，中国文学遭遇瓶颈，主要是缺乏经典意识、先锋意识和都市意识，以及纯文学创作的后继乏人。因此他让你必须回答下列问题："谈谈自己对经典的感受和理解，比如，你心目中的经典；为什么经典离我们越来越远；作家为何要具有经典意识，特别是一个优秀作家应当以怎样的方式对经典做出自己的回应。"

我觉得所谓经典，仿佛电视广告中的钙，给人留下一个印象，似乎只要花钱补一下，就可以十分健康。所有中国人都缺钙，所有中国作家都缺乏经典意识。按照广告商的宣传，我们都去吞服几粒文学的钙片，问题是否就能解决，答案当然是不可能。

事到如今，我们身边有着太多文学经典，多得甚至让人怀疑，大家不是缺钙，而是钙太多，骨骼已经老化，动不动就骨折。从稚嫩的中学生和女记者，到老辣的文学教授兼评论家，开出口来一套又一套，小说本来就一个小，现如今一张开嘴，偏偏全是大。

美国作家海伦是个很好的例子，作为一个盲人，一个聋哑人，所能接触的文字，都是最经典的，因此她写出来的文章，有种一尘不染的典雅。很显然，因为这样那样的限制，她没有被糟糕的文字作品污染过。谈笑皆鸿儒，往来无白丁，取法乎上躲避糟粕，光接受经典熏陶，肯定会有好处，但是在一个世俗社会里，这根本不可能。

经典并没有越来越远，它们就在我们身边潜伏，就在身后的书架上。事实上，我并不赞成要有什么经典意识，曾几何时，作家必须写出“力作”的呼吁甚嚣尘上，充满了功利色彩，结果空喊半天，跟没说一样。写作应该从心灵深处流出，它需要我们的非凡努力，不懈抗争，与经典还真没多少关系。中国文学确实遭遇了瓶颈，然而依靠经典，肯定解决不了任何问题。

事实上，不只是写作者，包括阅读者，对经典的认识早已似是而非。我们不是无动于衷，不识庐山真面目，就是把经典当作大棒，对着文坛一阵乱打。经典成了皇帝的新衣，成了包装的商品，没有具体分析，没有生命感受，只剩下了空洞的外壳。

不好意思，应该顺着说的命题作文，说着说着又拧了，真对不住何锐兄的苦心。

2010年6月13日

前辈作家的教诲

前辈作家高晓声关于文学的两个观点，一直让我念念于心，获益匪浅。上世纪八十年代初期，他是江苏最火爆的作家，也是全国最有影响的小说家。从北京领了大奖回来，电视台前去采访，问他对文学有何看法，他用一口浓重的乡音回答，说文学嘛，是好玩的事。

这个回答让采访者目瞪口呆，要知道在那个年代，文学仍然被捧到了高到不能再高的地位，不说是打击敌人教育人民的有力武器，起码也应该冠冕堂皇，把调子再稍稍提高一些，可是被誉为农民代言人的高晓声，很干脆地用了两个近乎犯忌的字，“好玩”。

伟大的孔子曾经说过，知之者不如好之者，好之者不如乐之者。好玩并不是什么大逆不道，好玩就是“好”，古人论文，常喜欢用到这个被当作动词的好。还有一个字当然就是玩，玩味的玩，把玩的玩。文学是要让人琢磨，要让人玩味和把玩。因为很多人的文学太直露，剑拔弩张毫无藏锋，高晓声又表明了自己的第二个文学观点，这就是要潜移默化，要稍稍拐点弯，绕个圈子。不能说直截了当不是文学，然而太直截了当，太浅薄了，很可能就不够文学。

高晓声的两个文学观点很直白，是对“文学有什么用”的最好解释。文学是热爱文学的人的事业，对于那些不喜欢文学的人，文学一点用都没有，文学也一点都不好玩。文学只对那些准备要感动的人起作用，我们所以感动，是因为已做好被感动的准备，是文学搔到了我们的痒处。否则仅仅是把文学放在一个很高的位置上，竖一个再大的牌坊，仍然没有任何意义。

文学作品如果不被阅读，无论是什么名著，无论得过什么大奖，都和垃圾没太大区别。因此，一个人准备从事文学工作，别老想着当鲁迅，当托尔斯泰，先问问自己是不是真心喜欢。要知道，文学首先不是为了别人，而是为了我们自己。不要光想着拯救别人，而是先要拯救自己，打算去惊醒愚昧的国民前，最好先让自己醒醒酒。

高晓声是家父的好友，是患难兄弟，曾经一起被打成右派。与方之的热心过度不同，高晓声鼓励我写，对发表却无所谓。方之说，小兆言的这篇小说肯定发不了，能不能想个办法，让他改一改。高晓声板着脸，说改什么，就这样，要写，不如再写一篇别的。有一段时候，我成天被退稿，觉得很丢脸，垂头丧气。高晓声说，别投稿了，放抽屉里，有一天你写好了，这些玩意都能发表。

2010 年 7 月 6 日

从《背影》说开去

有些记者靠打电话，就能很轻松地写成文章。一个电话过去，细声细气地讲怎么怎么了，然后问有何想法，如何看待这问题，如何对待那现象，为什么为什么，第二天就见了报。有时候，还写得八九不离十。有时候就惨了，八九都离了实。记者按照自己思路写稿子，才不在乎你说什么。

不太好意思拒绝采访，一来电话突然响了，你反应不过来，不至于摔电话吧。二来人家也没恶意，谁都得混口饭吃，这年头找工作不容易，当上记者更不容易。因此我总是留一手，坚持不说过头话，不骂人，跟谁都打哈哈。有话真想说，就自己写文章，更清楚更明白，还能挣点小稿费。

譬如这次的话题，是要不要将朱自清先生的《背影》从课文中删去。我当然持反对意见，不是不能删，是现如今要删的那些理由，实在站不住脚。什么违反交通规则，什么老父亲娶过小妾，我想这些意见，谈不上做学问，只是在搞笑，媒体不该太当真。

该当真的是，究竟什么样的文章，才适合作为教材。说老实话，无论什么文字，只要成为教材，都难免死气沉沉。一为文人便无足观，一为教材，立刻变得一本正经，立刻好玩变得不好玩。

为什么会这样呢，我觉得还是太把教材当回事。教材其实就是识字课本，让我们用来举例，说明一些浅白道理。我们习惯把教材当《圣经》，为学生上课，就是替圣人立言，一言一行都是楷模。有人的一篇狗屁文章选入教材，于是奔走相告，拿着鸡毛当令箭，仿佛得了诺贝尔奖，写简历推荐自己，一定要把这一条隆重列出。

朱先生对中学语文教育有非常突出的贡献，虽然贵为大学教授系主任，编“国文”教材一直是很认真。不仅编，选定范文，而且身体力行，始终在努力写。可惜这些努力被后人所忽视，大家就知道《背影》，就知道《荷塘月色》，因为它们被选进了教材。

《背影》被当作写人的范文，非常适合。多年来，朱先生的地位一直很高，有人曾经说过，要将他的散文作为样板悬置于国门，不能增删一字。这个就有些夸张了，不妨分析一下《背影》开头的这两句话：

> 我与父亲不相见已二年余了，我最不能忘记的是他的背影。

两个“我”起码可删去一个，“余了”二字也能删，汉字习惯中，“已二年”是模糊概念，可以含两年余了的意思，且更习惯将“二年”写作“两年”，不如索性改成“两年多”。给学生上课，别去讲交通规则，也别谈小老婆，说一说语言的细微之处，咬文嚼字，或许更有意思。

2010 年 7 月 7 日

又想到了考大学

老夫聊发少年狂，胡子白了依然青春。夜来忽梦要考试，脑子里一片空白，赶快临时抱佛脚，赶快玩命复习。一个劲儿后悔，逃课太多，没有笔记，根本没看过那什么教材，后悔来去，噩梦终于惊醒。

考试永远是个伤自尊的玩意，无论你多强大，多牛气，多顽强自信，未拿考卷之前，尚未知道分数之后，心头那块石头不会落地。这也是老师们总是很强大的原因，只要有老师，学生注定是弱势群体。

上世纪七十年代末恢复高考，前两届我都参加了，也就是 77 和 78 两级。第一次像走过场，根本不通知你分数，稀里糊涂去考了，先初试，再复试，然后痴汉等老婆，眼睁睁傻等。记得是在冬天，断断续续，春节都过去了，还在发放录取通知，可惜都跟本人无关。

失败往往比成功更加令人记忆深刻，印象最深的是左右摇摆。当时想考理科，害怕体检通不过，我的身体条件据说只能考数学系。硬头皮报文科，内心又不是很喜欢。学好数理化，走遍天下都不怕，理科生看不起文科，显然早已种下祸根。当然，最看不起文科的，从来都是文科生自己。那年头还谈不上什么远见，绝不会想到日后清华毕业才更有出息，当的官才会更大。

考文还是考理，成了一个哈姆雷特似的问答。对于那时候的我来说，实用主义占据绝对上风，夹到碗里就是菜，只要能考上，只要能混进大学，文理本不是个问题。问题是不知道能不能考上，能不能跨进大学门槛，押文或押理，像泡很急迫的尿一样，真把人给活活憋死。第一次这样折腾，第二次还是这样折腾，那一段日子，恨不能天天扔一次硬币，这星期刚决定了文科，到下星期，又咬牙切齿准备考理科。

能自由选择并不一定是好事，一直到正式填写志愿，仍然还在犹豫，最后定下文科，也是鬼使神差。不由想到旧时的包办婚姻，比如我祖父，结婚前就没和祖母见过面。祖父也算是新派，祖母还是大学生，可是没经过自由恋爱，婚姻一样美满幸福，夫妻恩爱足以成为楷模。

填完志愿，总算死了心，有点像旧时嫁人，既然选择文科，只能破罐子破摔，嫁鸡随鸡，嫁狗随狗，嫁了石头抱着走。我当年读大学时，并不是个用功的学生，望考试而生畏，过考场便毛骨悚然。不过为了考大学，还真能玩命，那年头在工厂上班，时间紧，基础又差，能混进大学也不容易。

2010 年 7 月 21 日

考上了大学

1978 年夏天非常热，这一年共有 610 万考生参加高考。据说是有史以来最多的一年，计划招生 29 万，后来又扩招，增加到 40 万。录取比例为 7%，也就是说，100 个人参加考试，将有 7 个人可以上大学。

第一次没考上，总是有些阴影，加上一会文科一会理科的折腾，心里七上八下。复习备考，一寸光阴一寸金，那时候还不是双休，我在郊区上班，天天路上花去不少宝贵时间。厂领导对考大学不支持，坚决反对，因为想考大学的人，必定没心思好好干活。大会上公开批评，私下里恨不能派工头监视，我至今都忘不了厂长大人的训话，他在主席台上发了一通脾气，不无讽刺地说：

“有人成天想考大学，我看是做梦也未必考得上。”

幸好人为的意志再也阻碍不了报名，否则我们这些想上大学的可怜虫，绝对进不了校门。我所在的集体所有制小厂不过三百人，报考者居然有十七个，最后考上四个，相比全民所有制的国营大工厂，这个比例已经很不错了。

那一年，几乎所有的中小学都成了考场。对于考试，我能记住的就两件事，一是热，真的是很热，带一块毛巾进考场擦汗，很快就湿透了。当时不要说降温条件，连口水都没有，自己也不知道带。二是遇到了一位长相奇特的怪人，所谓怪，就是你看了一眼，再也不会忘记。高个子，戴副度数很深的黑框眼镜，非常有知识的模样，眼见着要考试了，别人都很紧张，他很醒目地站在教室门口，眉飞色舞夸夸其谈。

一考完便请假去北京，祖父胆结石开刀，日期正好与高考是同一天。老人家已 84 岁，这么大年纪做手术，大家还是有些紧张。好在没任何意外，伤口愈合非常好，都夸医生的技艺高超。我一天隔一天陪夜，也没什么事，基本上把高考给忘了。祖父问考得怎么样，我回答说不知道，祖父就说考不上也没关系，读不读大学不重要，我们老开明书店的人，当年最看不上的就是大学生。

知道分数后，表姐说考得不错，能进重点大学。当时也不知道什么叫重点，将分数告诉祖父，他很高兴，仍然提醒，说学文科一定要有真学问，别以为是个大学生就有什么了不起。我也不知道该怎么填写志愿，乱填，报名的五所学校，依次为南京大学，复旦大学，北京师大，华东师大，山东大学。

最后说一句，我在考场门口遇到的那位怪人，后来成了大学同学，以后又是出版社同事。茫茫人海竟有这奇缘，可惜他不久前已病故，英年早逝，让人很是哀叹。

2010 年 7 月 22 日

如果考不上大学

如果考不上大学会怎么样，在1978年，这个问题曾经狠狠折磨过人。说老实话，上不上大学，家庭方面没一点压力，我父母从来没把儿子上大学当回事，他们自己就不是大学生。压力完全在于自己，我本不是有信心的人，1977年的落榜，不多的信心更加受挫，总觉得会再次名落孙山。

一个人能否考上大学，个中原因说不清楚。我并不觉得前一次考得不好，也不觉得第二次有明显提高。有时候，你不能不相信运气，老天爷开恩，保佑，你就中了。静下心来仔细回想认真琢磨，初次失败很可能是作文出了问题。

记得从考场回来，与父亲谈得最多的就是有没有走题，所以要谈，说明有这个担心。为了安慰我，父亲一个劲说没走题。多年以后，有机会与一些优秀的中学老师碰头，谈起当年作文，他们就笑，说仅凭后来能成为作家这一条，你当年的作文一定走题，不走题就不是作家。

1977年的作文题是“苦战”，已记不得写的内容，反正胡写乱编，想别致一些，想玩点花活蒙人，这么一来，离走题自然不远了。

1978 年没考作文，是缩写，给你一篇文章，把它精简缩短。这活比较容易干，估计大家分数都差不多。

如果考不上会怎么样，相信我会傻考下去，像疯狗一样，一次次去考，直到不能再考，直到像范进那样发狂。不管别人怎么想，对于我来说，考不上大学就是悲剧，考不上就没有快乐可言。当时钻进了牛角尖，往好里说，有了一点愚公移山的精神，往不好里说，脑袋进水了，完全被高考所毒害。

1978 年的大学录取，先通知非重点大学。看周围的人都乐滋滋地拿到通知，不由又心慌起来。有一天，母亲单位接到一怪异电话，自称南京大学招生办，问母亲的孩子是不是小流氓。接电话的那位同事，与我母亲关系不好，也不知道是怎么回答的，反正来无影去无踪，就没了下文，就不了了之。我还达不到小流氓的水准，不过父亲是右派，那时还未平反，会不会有影响也难说。

南大一位很老的教授是父亲的朋友，听说此事，自告奋勇前去打听，然后安慰父亲，说你儿子没被录取，下次再考。又说别考了，让你儿子跟你合写个剧本，发表出来，然后调到文化局去，这样多好。这位老教授是大名士，永远想当然，天知道他当时如何打听，乱问，人家也就乱答。

老教授设计的小路，虽然曲径通幽，但我肯定不会去走。我会继续考下去，如果一直不被录取，结果怎么样，还真不知道。

2010 年 7 月 23 日

什么样的大学生最有出息

前些年，几位朋友一起聊天，说起为什么送孩子进重点中学。一位很能赚钱的仁兄道破其中奥妙，所谓上重点学校，说白了，无非是让孩子加入某个高质量的团伙。学校无所谓好坏，教师能力未必相差很大，近朱者赤近墨者黑，小孩子受团伙的影响，远比家长和老师更厉害。在家靠父母，出门靠朋友，并不是北大清华的教学如何过硬，是这两个团伙的水平太高。

有个哥们是77级，正经的名牌，学计算机软件，大学毕业，又立刻去大英帝国留学，拿了剑桥的博士。这以后就在英国的著名大学混，混到一把年纪，还是觉得当教师太穷，便跳槽去全球最大的一家手机公司。现如今日子过得自然不差，地道的高薪白领，可是回国与老同学相见，发现留在国内的那些人混得似乎更好。毕竟在洋人的公司里干，饭碗并不是那么铁，压力还是有点重。

凭他响当当的资历，国内快快活活当个博导没任何问题，干校长副校长也不算意外。当年成绩远不如他的同班同学，不但干了校长，而且还是院士，享受的是副省级待遇。放在国外这绝不可能，玩计算机吃青春饭，升级换代太快，仿佛时髦美女，风光虽然无限，却是越老越不值钱，放松一点就会落伍，大意一会便遭淘汰。

这哥们可以说一连加入了几个好团伙，首先成了恢复高考后的第一届大学生，还是名校最热门专业，然后留洋深造，拿下世界名牌大学的博士。天将降大任于斯人也，此君不发达，更待何人，可惜无高僧指点，尤其是关键时刻，自己悟性还不够，不会借力团伙，否则适时海归，高歌一曲爱国主义，前途必不可限量。

我读大学那些年，史称“科学的春天”，无论文科理科，大家羡慕的是研究哥德巴赫猜想的陈景润，结果祸害了一批书呆子。南京大学中文系与我同届有两个班，一本科，一专科，入学时分数有点区别。专科班同学总觉得委屈，觉得受歧视，戏称自己为“二拐子”，专科的“专”拆开来，正好一个“二”和一个“拐”。

天生我材必有用，出水才看两腿泥，加入好团伙固然重要，十个手指有长短，有无出息还得看个人造化。入学三十年后老同学隆重聚会，大家突然发现还是二拐子官当得大钱挣得多。用团伙理论解释，大家是一个大团伙，又分属于不同的小团伙。专科班同学是南京本地人，家庭背景要强些，又先一步明白学问原来无用，先一步投身官场商场，早死早投生，出息自然也就要大了。

2010年7月24日

对母校的记忆

我对母校最强烈的记忆，说出来有些不雅，那就是忘不了宿舍厕所里浓郁的尿臊气。这种焕发着青春气息的味道，如此强烈，如此汹涌澎湃，仿佛划一根火柴就可以燃烧起来。不知道现在的情况如何，反正那时候真了不得，时至今日，那气味仍然让我心有余悸，一想到就头晕。二十二年前，我成为南京大学的一名学生，在校读书期间，我庆幸自己可以经常逃回家去，晚上想几点睡觉就几点睡觉。住在学校里则没有这样的运气，学生宿舍晚上十点钟熄灯，到时候铁定拉电闸，对于那些想用功读书的人来说，十点钟就结束战斗，实在太早了，拉了电闸以后，想发愤，只好到厕所那边去，因为只有这里的灯是长明的。

这样的场景真是让人难忘。在令人窒息的尿臊味中，同学们皱着眉头，或站或坐，在那昏黄的过道灯下，用功读书到深夜。我没有任何指责晚上十点钟熄灯制度的意思，事实是，当时如果不这样强制，一代大学生的身体，就有可能被弄坏。不是所有的人都能在厕所的强烈气味里坚持下去，刺鼻的臊味在某种意义上，对同学们的身体起到了保护作用，人们终于被熏得睁不开眼睛，不得不乖乖地回房间睡觉。还可以举一个差不多的例子，譬如吃了晚饭，去阅览室或教室自习，大家得像做生意的小商贩一样，早早地赶到那里，稍稍迟一点就可能没位子。有一段时间，去教室抢座位，差不多成为一件大事，好不容易占到的位置，仿佛是自己抢到的地盘，绝对不肯轻易放弃。如果不是定时熄灯制度，废寝忘食的莘莘学子，不知会用功到几点。一句话，对那些只知道苦读的学生来说，不强制就不行。

当时学校里的许多活动，都和确保有效的苦读分不开。譬如体育锻炼，我们这一届学生，年龄相差悬殊，岁数最大的，差不多可以做最小的父亲，于是见到这样的场景一点也不足为奇：有人跑步，有人打球，还有人打太极拳，当然也有人身体本钱好，什么也不锻炼。各种锻炼的功利性显而易见，在读本科的四年里，我差不多每天都坚持打排球，这在当时，颇有些不务正业的意思，因为当时苦读的气氛太强烈，一个人不是成天捧着书，天天出现在操场上噼里啪啦地打排球，就很容易给人误解。大学毕业的时候，同学们互相赠言留念，很多人在给我的留言中，都觉得我是个快乐会玩的人，言辞中充满羡慕，大学生活太刻苦了，在他们的记忆中，像我这样能每天打排球的人，就已经是最幸福最懂得享受的同学。

毕业以后，我一直在想，如果我们这一代学生，始终能像在大学读书时那么用功苦读，那么玩命，结果又会怎么样。这是一个不切实际的浪漫主义的想法。人不会永远在臭烘烘的厕所边苦读，不应该也没必要，十年寒窗苦，这里的十年，已经是一个很长的数字，而在大学里读本科，毕竟只有四年。我在校学习期间，那是一个为了知识可以不要命的年代，当时最耀眼的大英雄是陈景润，所有的人都拼命读书。那时候看重的，不是学历，不是职称，眼睛里只有单纯的知识，说为读书而读书一点也不过分。那时候没人去想为什么要苦读，更不会想苦读了以后会怎么样，苦读成为一种风气，人生活在这种风气中，很自然地就心甘情愿地用功读书了。

南京大学的苦读是有传统的，有趣的是，从来就没有一位老师要求我们应该如何苦读。在科学的春天里，关照学生用功读书显然有些多余，这就好像一辆汽车的油门已经踩到底了，没必要再提醒司机还应该怎么加速。对于同学们来说，苦读既是一种无形的压力，也是一种当然的习惯，大家生活在苦读的磁场之中，不知不觉就这么做了。回忆当年，最能让人感到亲切的，也就是这种盲目的苦读，历史上，南京大学的前辈就以苦读闻名。辛亥革命以后，有一种流行的说法，那就是要做官去北京，因为那里是北洋政府的所在地；要发财去上海，因为那里是十里洋场；而真要读书，最好的选择就是到南京，因为在这里，除了能读些书，什么也得不到。“三更灯火五更鸡，正是男儿读书时”，这诗句是对我们前辈的形象记录，老辈人提到南京大学学生的苦读，总是忍不住要啧嘴激赏。

如果说现在仍然感到有什么遗憾的话，那就是自己当年读书还不够刻苦。在不同的场合，面对不同的人，我不止一次说过自己不是什么好学生。直到现在，我仍然常常梦到考试，我害怕考试，一度曾经对考试充满敌意，然而又不得不由衷地赞扬考试制度。如果不是恢复高考，我不可能成为大学生，也不可能考上研究生。再也没什么比考试更公平的竞争。我由衷地感谢母校给我提供的苦读机会，苦读的意义不仅在于学到了什么，关键是给了我一种方法，养成了一种自然而然的习惯。时至今日，我仍然经常提醒自己，应该始终保持一种学生心态，我希望自己永远能当一名学生。

1998 年 9 月 15 日

大学时代体育热

十三年前，我刚上大学。当时高考制度新恢复，年轻人纷纷向往上大学。好不容易有书念了，一个个都特别注意锻炼身体。身体是好好读书的本钱。想当年读书真跟玩命似的，学校晚上十点钟准时熄灯，大家没办法，便挤在臭烘烘靠厕所的过道看书。长长的过道上只有这地方的灯是长明灯。那是一个大家都想当陈景润的年头。

苦读书，不敢不锻炼身体。最简单的锻炼就是大清早起来跑步。晚上睡得晚，天天早上咬着牙爬起来，跑了好半天，人才真正算是醒。同学们来自五湖四海，年龄也特别悬殊，有刚高中毕业的应届生，有像我们这样在社会上混了若干年的工人农民，更有已经当了两个孩子父亲的超龄青年。大家都是雄心勃勃，都想一口气把被“四人帮”耽误的时间补回来。那时候干什么事都认真，最有趣的是上体育课，一个个衣衫不整书呆子兮兮的，尽管很认真，可无论是什么项目，都好像是一群溃兵。譬如在操场上跑步，有的同学就穿着棉毛裤，是那种老派的前面留有方便小孔的裤子，堂而皇之地跑来跑去，快的人在操场上绕了三圈，他慢腾腾一本正经地第二圈还没跑完。又譬如练单杠，来自偏远农村的同学，费了九牛二虎之力，老是不能及格，他申辩的理由是自己从小就没见过这玩意。

我们中文系参加全校的运动会，老是最后一名。最好的成绩，就是我们班的一名女生，扔手榴弹拿了个名次而免于剃光头。

我在班上几乎算得上是体育明星，许多项目都名列前茅。山中无老虎，猴子便不客气地称起大王来。我是中文系的铅球和跳远冠军，是三级跳远的第三名。每次系里开运动会，前三名发大小不等的毛巾，在大学里读了四年书，大家都羡慕我的毛巾用不完。

我们花时间最多迷恋得最深的是打排球。完全可以说是从零开始，我上中学时，学校里的体育课叫军体课，进了大学校门以后，突然明白自己过去竟然未碰过排球。记忆中的打排球，第一次接触，起码有三个手指受到挫折。那是中国女排开始崛起紧接着连续称霸的年代。学校里受其感染，也掀起了排球狂热，班与班之间，系与系之间，自然有人自发地出来组织战事。一场球赛未完，下一场战斗已经预约。比赛毫无疑问是低水平的，但是大家的目的只不过为了提高兴趣和锻炼身体，因此对输赢并不斤斤计较。有时男生女生混合在一起打球，捡球的时间比打球的时间都多。差不多所有的同学都成了中国女排的啦啦队，遇上电视里转播球赛，电视机前热闹得仿佛是过节。当中国女排赢了最后一个关键球以后，学校里一片沸腾，到处欢呼乱叫。

我们平均每天花两个小时打排球。上体育课，所选修的项目也是排球。打排球成了我们大学生活中最重要的一种生存方式。当然并不是每位同学都这样。事实上，玩排球玩到像我们这样快当饭吃的也不多。我成了班排球队的主力二传手。到大学四年级的时候，我和同学徐耿，就是后来得奖的电视剧《秋白之死》和电影《豆蔻年华》的编剧，一起在操场上乒乒乓乓练习扣球，校排球队的教练从旁边走过，差一点把我们选到校队去。他不要我们的理由是，这两人已经四年级，说毕业就毕业，没有培养前途。教练似乎有些后悔，他发现我们这样的人才时，已太晚了。

作文的糗事之一

先说这糗字，查字典前，真不知道该念什么，秀才识字读半边，觉得不该念臭，很可能是“臭”的古音“嗅”。可惜是读“qiu”，第三声，南京人说出去吃一顿，或者将某人暴揍一顿，就会气势汹汹地发这个音。不相信，在南京大街上，你随便找个人试试。

一向害怕学校作文，有人觉得你是作家，便走近路，让我辅导孩子写文章。我哭笑不得，只能坦白，说这事不是你害我，就是我害你孩子。现行高考制度下，孩子已给弄得苦不堪言，从道义上来说，我不能雪上添霜，再进一步迫害。曾经有孩子找我临时抱佛脚，速成写作经验，经过本人大力辅导，他的作文成绩活生生下降了。

庆父不死，鲁难未已，这篇文章想说说大学写作。按理高等学府就不该再设置这课程，然而是个中文系必定有，仿佛是人都有盲肠。写作教研室是鸡肋，搁中文系，只要教写作，就是小妈养的，别人不歧视，你自己都会看不起。三十多年前我上大学，老先生公开宣称本校传统是新人教写作，不管你未来教什么，或语言或文学，或屈原李白或托尔斯泰鲁迅，先教了一年写作再说。欺生乃天经地义，写作课向来不招人待见，有点像牢里的潜规则，新来者活该挨揍，还得去倒马桶。

相对于前后两届，我们那届招生要多一些，共五十二人，有三个中学作文竞赛获胜者，有两名已发过作品破格招收。写作课与七七级一起上，教室挤不下两个班，先来一次测试，一半的人获得免修，直接拿学分。这好事轮不上我，当时班上强手如云，都人精，我常自惭形秽。

明明不重视写作课，第一课重点要讲的，必定是写作的重要性。前些年老同学聚会，回忆当年课程，不约而同说千万别提学过什么。社会上把恢复高考的前几届毕业生抬得非常高，盛名之下，其实很牙牙乎。撒什么种子，结什么果，有名师才有高徒，当时教材之烂，某些老师头脑之糊涂，令人叹为观止。

为写作文，竟然安排去烈士陵园，并以此命题，写记叙文。我无奈中发了几句牢骚，自幼儿园起，每到清明就来此扫墓，小学，中学，年年来次次写作文，跟着形势说套话，乱拍胸脯说空话，没想到当了几年工人，好不容易考进大学，还要写作文，真是那个过分。

结果得了最低分，勉强及格。还有一同学陪绑，也不知触犯哪条禁令。这“劣迹”当时很丢人，因为大家都很在乎分数。好在与前途无碍，陪绑的那位官场得意，十多年前已混到了副市长，牛得很。

2010 年 8 月 7 日

写小说当毕业论文

我是个很有些学院情结的人，当作家并不觉得有什么荣耀，如果说是某名校的大教授，学有所成货真价实，这个才非常牛。虽然上大学时经常逃课，我本质上还是很爱读书，并且学习用功。常跟当上博导的朋友们聊天，说自己不够用功，他们很当真，不以为然，说这个用不着太谦虚，在今天在当下，一个还能觉得自己不用功的人，基本上已经算很用功了。

有位花十万大洋做征婚广告的美女喜欢文学，评点当代作家，旗帜鲜明地表示，喜欢苏童，不喜欢叶兆言。她讨厌我的理由，是叶某人只知道刻苦用功，没什么才气。因此，尽管一直觉得自己还不够，起码别人看来，在教授博导深邃和美女清纯的目光里，我就算用功。

大学三年级，学年论文是《杨朔散文的告别》，洋洋洒洒一万八千字，自觉不错，写得也很努力。当年的杨朔有点像后来的汪国真，辅导老师是他的忠实粉丝，他泪汪汪地说，你怎么可以这样。这位老师很真诚，不说你有什么不对，只说你知道不知道，你让一个热爱杨朔的人感情上受不了。我觉得十分抱歉，也许太不喜欢杨朔的缘故，用词难免刻薄，一日为师终身为父，我怎么可以让老师不快乐呢。

当时选课有规定，本学期课程全优，下学期可多选修一到两门课，为早日拿满学分，我千方百计地混全优。说起来惭愧，居然是班上最先拿满学分的几人之一。这么做，是希望四年级时不用再修学分，全力以赴做好一件事，譬如写毕业论文。毫无疑问，辅导老师有所鼓励的话，我很可能把关于杨朔的论文继续写下去，很可能就成为一本书。好歹我也是个有野心的学生，可别小看了学年论文，后来读研究生时的恩师叶子铭先生，当年就是凭借研究茅盾的学年论文一举成名。

都说写论文和写小说不能两全，在我看来差不多。写什么都是写，都得用心写好。所在学校有规定，可以用创作代替毕业论文，也就是说，你写篇小说就 OK 了。真有些荒唐，那时候我已写了不少小说，这政策等于白送钱给人。

我还是很犹豫，内心深处，总觉得小说代替论文，难免野路子野狐禅，我本江湖上的名门正派，如何能干这勾当。前面说过，我有学院情结，是可忍，孰不可忍，然而指导老师不换，非要去跟人家的粉丝较劲，显然不够明智。因此权宜之计，实用主义占了上风，冒冒失失用一部中篇小说充当毕业论文，如今回想，仍然觉得丢人，这叫什么事呀。

2010 年 8 月 8 日

大学不喜欢告密者

不知道今天在读的大学生，对明天抱有什么样的心态，反正三十年前，我们上大学那会，很少幻想未来。那年头读大学，仿佛傻闺女待嫁，只盼望老天爷开眼，日后能嫁个好单位。包办婚姻的最大好处是省心，我们也不知道哪个单位好，所谓好，就是听上去动听，看着不错。学校分配工作，和抓阄也差不多，运气好，说不定嫁了个好老公。真所谓，无端嫁得金龟婿，有心难找好工作。

大学毕业前夕，最大心愿是出去潇洒玩一圈。要玩，就得逃学，我和一位同学决定骑车去浙江，第一站杭州，三百多公里，花两天时间。然后沿钱塘江上行，游富春江，游千岛湖。那时候旅游还没开发，经常坐一种很破的机动船，声音巨响，柴油味扑鼻。

痛痛快快玩了一个多星期，回学校，正赶上运动会，我们得到消息，风声已走漏，有同学悄悄地将我们告了，系里要兴师问罪，处理违纪行为。胆大妄为的我们这才有些慌张，商量如何扯谎面对。没想到在体育场看台上，分管的系副书记看见我们，先一个劲笑，问去哪了，说你们胆子真大，马上要毕业了，我们该拿你们怎么办呢。

对母校的最大怀念，就是她宽容，从来不与学生为难。记得当年跟一些文友办过一民间地下刊物，后来遭禁，仿佛闯了大祸，文友一个个被审查，苦不堪言，所在单位和学校如临大敌，问这问那处处刁难。我只是遭遇了最简单的走过场，还是这位副书记，在面前放一录音机，问怎么回事，愿意不愿意说说。我说不愿意，他就笑，说好吧，不愿意就算了，我把录音机关了，我们随便谈谈怎么样。我说关于这件事，没什么好谈的。他说好吧，没什么好谈的，我们就不谈。

很严重的事，就这么过去了，多少年后，遇到副书记，他笑着说当时的压力很大，上面有要求，公安局挂了号，可是他想最多的，还是如何保护学生。学生就像自己的孩子，哪有不护着子女的爹妈。相对于这事，逃学出去玩，完全小菜一碟，不值得提。作为分管领导，一点不过问不行，毕竟有人告了。不过看得出，他并不想怎么样，也不欣赏告密者，大学是个干净的地方，告密永远不值得提倡，这也算母校有过的另一个优良传统吧。

时至今日，仍然想不明白，为什么要偷偷去告密。有人分析，毕业分配前出招，可以轻易解决两个对手，然而这一招在当年并不灵验，事实上，告密的事泄露了，上上下下都显得很不屑。

2010 年 8 月 5 日

当不了和尚

这是十年前的事。当时刚参加过研究生考试的复试，录取在即，已经觉得读书没意思。早知道江浦有一个山上，藏着一座野庙，忽然心血来潮，约了个朋友，骑着破车便去拜访。庙叫兜率寺，其中的率究竟是读概率的率，还是率领的率，至今也没弄清。真是个小庙，小得仿佛普通人家。

我们在庙周围转着，见人就问，谁都是扬手一指，说就在那，可我们偏偏摸不到门槛。终于遇到一个脸色红润的小和尚，笑着把我们引进了山门，带到了方丈的房间里。方丈的房间很雅，挂着许多字画，我们去时，方丈大约刚方便过，正在倒痰盂，黄澄澄的尿液，就倒在窗前的漏斗里。

方丈住在楼上，从方丈倒尿液的窗户里，可以看见不远处好几个花花绿绿的姑娘正在采茶。屋檐上的野蔷薇开了，淡淡的一股香味。方丈请我们坐，然后就像熟人似的聊起来。初次见面，竟然没有一丝一毫的陌生。已经记不清当时谈了些什么，反正我们也没什么具体的想法，佛教的道理太深奥了，不是几句话就能讲明白或听明白的。很随意地说着，记忆最深的，是方丈自始至终，说什么话都认真诚恳，因为他太认真诚恳，结果我们的谈吐，显得特别俗气。

我们在庙里住了下来，跟和尚们一起生活。第一顿饭痛苦无比，简直没办法咽下肚。白米饭一股霉味，炒青菜，烧得就像是喝过的隔了夜的茶叶。看着和尚们吃得喷香，我和朋友都觉得好笑。晚饭吃的是白粥，由于中午几乎没吃，肚子饿了，就着极咸的萝卜条，吃了两大碗。晚饭吃得太早，到睡觉时，已经饥肠辘辘。第二天一大早爬起来，饿得腿都软了，刷了牙，也顾不上害臊，就去等饭吃。和尚们正在做早课，我们极不耐烦地等着。真不敢相信这就是自己，好像从来也没这么饿过。好不容易熬到吃早饭，稀里哗啦两大碗白粥，连气都不喘，就狼吞虎咽下去。

在庙里待了二十四小时以后，我们除了觉得肚子饿之外，几乎没有别的感觉。肠胃仿佛被彻底地清扫过一样，刚吃下去，转眼就消化了。透着一股霉味的白米饭，远远地闻着直流口水。方丈和我们谈话时，我们饿得头昏眼花，说什么，都是硬着头皮在听。也许我们的原意，只是想体会一下和尚的生活，想知道一些和尚的情况，可事实上，我们很快就发现自己除了本能地想吃点什么，脑子里就像缺了氧，空空的，一无所有。

让我们感到吃惊的是，和尚们的精神状态好得出奇。方丈的眼睛永远是亮的，明亮，没有杂念，喋喋不休地谈着他的禅。方丈并不想把我们拉入空门，他沉浸在宗教的幸福中，同样是出于本能地向我们表达他的这种感受。出家人和俗人的本质区别，就在于他们没有我们那么许多的胡思乱想。出家人心静如水，在野山破庙里修行着，与世无争。而俗人闲着无事，常常以小人之心，用自己最卑鄙的念头，去设想出家人会怎么样。出家人完全不是我们想象的那模样。他们感觉良好，活得真正意义的潇洒自在，并不在乎我们会怎么想。

我想，耐得住饿，这恐怕是能否进入佛门的第一关。仅仅是饿，我们就意识到自己在庙里坚持不了几天。我们是不折不扣的俗人，当不了和尚。饥饿是一种考验，是修行的一部分。有道行的高僧，据说过午不食，也就是说一天只吃两顿，中午以后，直到第二天黎明，都要禁食。在和尚眼里，吃，已没有任何享乐的意义。食物的本义，仅仅在于能维持生命而已。觉得饿是健康的一种标志，我想和尚们大约不是不知道饿，出家人俗人都是人，肠胃功能没什么区别。饥饿对于俗人来说，是一种不能忍受的痛苦，对于出家人来说，却是一种对于生命的体验，是生命存在的快乐。只有饥饿的人，才能明白食物的本义。世界上最好吃的东西，不是山珍海味，而是我们饿的时候吃的东西。

我们在庙里煎熬了没几天，就逃下山去。真的是逃，因为在庙里，除了等吃饭，我们已经什么都干不了。实在太没出息了，面对活得自由自在无忧无虑的和尚们，我们感到十分羞愧。我们真的明白了什么叫俗人。这不起眼的破庙里的方丈是当代一位高僧，精通字画，古刹名寺里，常常可以看见裱工精良的落款是他的画。有一次在鸡鸣寺，一位出家人得知我曾和方丈有过交往，非常羡慕地看着我，眼睛顿时亮起来。他觉得这是一个了不得的缘分。

1993 年 9 月 28 日

骑车旅行

骑车旅行是十几年前的旧事，好汉不提当年勇，如今重新谈起，不是卖弄，很有些顾影自怜，因为十几年前，身体实在太好了。往事不堪回首，现在的自己都快属于老弱病残了。

骑车旅行的起因自然是想玩。那时候正上大学，精力旺盛得没地方发泄，口袋里却没钱。穷大学生想玩，只有苦玩这条路。我第一次骑车走长途是去无锡，是一个人独行，和女朋友约好了在无锡见面。女朋友当时还在苏州，从苏州去无锡，一个小时的火车就可以到。她当然是坐火车去。

南京到无锡的距离是二百二十公里，最初的计划是两天到达，中途在溧阳歇脚。我的一位大学同学曾在溧阳插过队，后来又在当地一家小工厂当工人，听说了我的计划，立刻表示帮我解决在溧阳的住宿。大学同学之间的最可爱处，就是相互之间有一种义不容辞的帮忙义务。我那位大学同学说："你放心去好了，我先写封信去，再给你写张条子，到时候你去找他，就住他们家。这人跟我绝对哥们。"

于是便出发，这么长的旅程，自然是赶早。前一天夜里，因为太激动了，翻来覆去不肯睡。先是想路上应该怎么样，到后来就是担心自己不睡好，影响第二天的旅行。越想睡越睡不着，迷迷糊糊到早晨四点钟，翻身下床，刷牙洗脸，精神抖擞地上了路。

是暑假里，满天的星星意味着是个大晴天，我像箭一样地往城外冲，那速度就像是参加比赛。大学读书期间，我坚持每天打两小时排球。我是班上的体育明星，中文系的铅球和跳远冠军。一个人在马路上骑车，除了骑快，反正也没什么别的消遣。到天亮的时候，我算了算已骑的路程，自己也感到吃惊。

我在一个叫作天王的小镇吃了两碗光面。光面是一种价格最便宜的面条，吃完了，马不停蹄地又上路。我发现自己正在创造奇迹，计划中是下午才能到溧阳，可是按照目前的速度，在中午之前，我便能到达溧阳。溧阳是在去无锡的一半路程上，如果中午到溧阳，那为什么不一鼓作气赶到无锡呢。

让人感到兴奋不已的，是自己一点儿也不感到累。从南京往溧阳走，很多地方都是丘陵，一路得不停地爬坡。爬了坡，自然还得下坡，为了赶速度，上坡拼命蹬，下坡还嫌不快，脚上不时地再加一把劲，这样自行车的惯性就更大，一下子冲出去多远。到溧阳是中午十一点，我拿着同学的那张纸条，找到了要找的人。果真是一位热心的年轻人，二话不说，就拉我去吃饭。我也不懂得客气，好像找到他仅仅是为了吃饭，坐下来就吃，而且一定吃饱。吃完饭，热心的年轻人，又让我再吃西瓜，并劝我不要赶无锡，天太热了，当心中暑。

我感谢了热心年轻人的好意，在竹躺椅上躺了一会儿，又吃了半个西瓜，情绪昂扬地上了路。一切顺利，天很热，我一路不停地灌水，汗没完没了地涌出来，摸摸自己的额头，毛乎乎的都有了一层盐粉。到晚上八点钟，我竟然骑完了二百二十公里的全程，冲进了灯光闪烁的无锡城。

第一次骑车旅行尝到了甜头，不可能见好就收，回到南京以后，心里兴冲冲甜滋滋老想着下一次。刚开学，明年暑假里骑车去什么地方的宏伟计划已经定好了，而且约好了伴侣，两个人一起去。巧就巧在这一年内，我居然瞎猫撞上了死耗子，发表了五个短篇小说，口袋里顿时有了几个钱，牛得不行，等不到第二年的暑假，便逃学上了路。

这一次的时间好，是三月底，一路春色。因为是逃学，玩起来，更有一番情趣。这次的目标是去富阳，然后沿富春江往前骑。我们先花两天时间骑到了杭州，记得当时正下着小雨，远远地看见高楼大厦多起来，马路上逐渐有了穿着时髦衣裳的女郎，我们终于出其不意地看见了美丽的西子湖。

两个人骑车旅行比一个人有趣得多。两个人尽管一路神聊，话多了，时间便会不知不觉过去，不知不觉就已经骑出去了许多路。骑车旅行弄不好就会变成单纯的体力劳动，两个好朋友一起骑车出门，这才有可能使骑车旅行真正成为一种乐趣。我们这次旅行，再也用不着像我上次那样，以赶路为主要目的，我们可以一路想怎么玩就怎么玩。有时候到了一个并不是怎么有名的小县城里，我们可以临时决定就在这住下来，我们掏出学生证，向那些便宜的小旅馆的主人说明我们是穷大学生，反正将就一夜，怎么便宜怎么好。好心的小旅馆主人常常只收我们一半的钱。

一切都安顿好了，我们换上拖鞋，在小县城里无目的地东游西逛。小县城里的馆子很便宜，我们把住旅馆省下来的钱，再扔到那些便宜的小馆子里。当年浙江的一些小县城的小馆子，如今想起来就让人怀念，花两三块钱就可以酒足饭饱。美美吃一顿，喝得醉醺醺，沿着小县城的石子路，晃悠悠地回小旅馆，那快乐的滋味，连做梦也不会遇到。

1992 年 12 月 19 日

饿得够呛

我有过一次饿得够呛的历史，那是在上大学时，骑车去东郊旅游。那年头，在大学里念书的人，一方面以陈景润为榜样，发愤用功，都想将来能干一番大事业，另一方面，因为读书的刻苦，又特别想玩。穷大学生想玩，最好的办法就是骑车去郊外。旅游胜地固然吸引人，然而有心在南京郊区好好地转一转，一样能有无穷的乐趣。春牛首，秋栖霞，六朝古都的四周，实在有些可以消受的去处。那次是去阳山碑材，早在中学下乡劳动时，就知道离住的地方不远处，有两块巨大的碑材，说是什么皇帝留下来的。当地农民对于近在眼前的东西，并不稀罕。

中国的皇帝，和世界上的皇帝也没什么太多两样，都是拿别人不太当人。阳山碑材是封建帝王劳民伤财的样本，如果它真立起来，成了一块大石碑，充其量也不过像埃及的金字塔。阳山碑材好就好在只是个半成品，它被放弃了，是一个皇帝偶然也会清醒的记录。我们自然不是去凭吊历史。我们只想痛痛快快玩玩，到一个书上有记载的地方去应个卯。都说那两块碑材就在路边，可是我们费了不少口舌，才很失望地找到。所以要说失望，是因为问了许多人，甚至离它只有几十米的时候，我们还在问。

突然，我们看见了那两块大石头。好在希望并不高，也谈不上太大的失望。四四方方的两块大石头，我们不是很费力地爬了上去，懒洋洋晒起太阳。太阳在什么地方都可以晒，躺在被誉为世界第一的碑材上，别有一番滋味。

那天最让人难忘的是饿。我们没有带干粮，玩得开心，便忘记了肚子可能会饿。后来肚子果然开始饿了，但仍然因为玩得开心，也不在乎。回来的路上，经过一家小馆子，有馄饨，偏偏我一向不爱吃馄饨，打定主意坚持不肯将就。离南京不过二三十公里，沿途肯定还会有东西卖，既然已经饿了，不妨再饿一点。谁想到当真就是过了这村，就没这店。离南京越来越近，我们也开始饿得越来越够呛。沿途全是山坡，翻过一个，又是一个，没完没了。

俗话说人穷志短，这人没出息，恐怕首先是因为肚子不争气。不过近十个小时没吃东西，而且一个多小时前，还搭架子不吃馄饨，我陡然发现自己饿得吃不消了。沿途路过一个兵营，我们也顾不上让人笑话，硬闯进去讨饭吃。当时天正在黑下来，当兵的告诉我们，说他们的食堂离这很远。又让我们加紧往前骑，说前面不远处有个小店，可以有东西卖。

于是再往前赶，希望越近，越饿。当兵的显然骗了我们，前面根本就没有什么小店。我们硬着头皮又翻过两个山坡，发现自己竟然饿得连车都骑不动了。从来也没有这么饿过，光是饿，不赶路还行，眼见着天黑得更厉害，心里急，更觉得饿。又发现一家小工厂，又闯进去讨吃的，仍然没有，说是食堂的师傅已经下班，又说，厂里的工人都是自己带饭，食堂里要有，最多也只能有点酱菜。

我很激动，大声说："能有点酱菜也好。"

最后，饥肠辘辘，终于在孝陵卫附近，看到一个小店。我们奋不顾身冲过去，把钱往柜台上一扔，狼吞虎咽了好一阵子，才说第一句话："乖乖，真饿得够呛！"

大学毕业前的谈话

大学毕业前，系里照例要谈次话，了解学生的想法，对未来有什么打算。很多同学很紧张，担心分配到不好的地方。这个也很容易理解，学校全国招生，毕业自然全国分配。我因为是独子，根据当时的分配原则，留南京已铁板钉钉，因此也没什么可担心。

分管系副书记找大家谈话，一个一个面谈，我和那位一起逃学的同学觉得没必要，不就是敞开心扉说想法吗，犯不着回避保密，干脆两人同时去谈话。副书记哭笑不得，说眼看就毕业了，你们倒是真的很那个，好吧，说说想去哪里，是去机关，还是去高校。

如今回想，当时的回答真丢人，我们异口同声，说想去比较好玩的地方。什么叫好玩呢，我们进一步解释，就是那种经常可以出去走走的单位，能够经常出个公差，天南海北到处乱跑。副书记听了一怔，就乐，说这想法有意思，在这节骨眼上，还想到玩。我涎着脸说，自己女朋友在苏州，最好是去坐火车不要钱的单位，譬如铁路局。

我本不是贪玩之人，想出去走走，也是行万里路的意思。那时候，虽然还没打定主意要当职业作家，但已开始正经八百地写小说。

我并不相信“体验生活”的鬼话，然而有体验总比没有强，毕竟能增加一些见识。几天后，一个写作朋友听说此事，大骂我糊涂，她说你想写东西，最好的地方是学校，是不用坐班的大学，否则一进机关，就完了蛋。

于是我又毫不害羞地去找副书记，申明可以考虑去大学，副书记说这个事不能想当然，不能说你要去就去，早干什么了，当初问要不要去高校，一口回绝，现在倒好，又改主意，黄花菜早凉了，该定的早定下来。他说高校确实是个好地方，当初也觉得我该去高校，不坐班，还能写东西，多好。

结果我那位同学分配到省地质局，这单位果然得常出去走走，要是喜欢野外，可以长年累月不回家。我呢，被分配到了市人事局，这是当年的一种分配办法，把档案材料往人事局一送，接下来怎么样，由人事局的同志负责安排。

班上很多同学留南京，差不多有二十个，真正送到市人事局的只有三人，其他都进入了省级机关或者高校。那年头的大学生还真值点银子，几乎不用操心，全是好单位，小狗掉在了茅坑里，横竖都是吃饱喝足。好像有个西藏名额，还有个新疆名额，让考上研究生的人顶替了，因此基本上皆大欢喜，除了一对谈恋爱的情侣，分配在一南一北，很快便分了手。

2010 年 8 月 5 日

大学毕业，分配工作

大学毕业，分配工作，在我上大学的那个年头，在 1949 年以后，这是天经地义。再往前，所谓“解放前”，大学毕业会怎么样，还真不好说，看旧报报纸读旧史料，“毕业就是失业”经常见到。总的来说，物以稀为贵，大学毕业生譬如文物，过去再不好，也都是越老厉害，越旧越值钱。

大学毕业包分配，很有些像旧时的包办婚姻，骂它也行，夸它也行。骂，是有违婚姻自由，乱点鸳鸯谱。夸，用不着烦神，闭着眼睛，铁饭碗就递到了你手上。我的一位堂哥与嫂子吵架，吵完便抱怨，说自由恋爱是一切痛苦的根源。理由很简单，自由选择让你失去了埋怨的机会，所有这一切，都是你自找的。

祖父的婚姻完全旧式，媒妁之言，搞定就搞定了，恩爱一生。大伯与大伯母的婚姻半新半旧，双方老人是好朋友，两个孩子也有那么点意思，就进了洞房。按美满程度打分，祖父的婚姻打一百分，大伯的婚姻打九十分，堂哥夫妇能打多少分，这就不好说了。他们是真正的新式婚姻，绝对的自由，一开始，双方大人似乎并不赞成，不赞成也没用，封建保守的帽子摔出去，先把婚结了再说。

生命诚可贵，爱情价更高，自由是要付出高昂的本钱。我上大学时，找工作不自由，大家都很有怨言。好听是包分配，不好听就是非常野蛮的包办。对于很多人来说，工作就是嫁人，不像今天动辄离婚，跟赌博一样，嫁了也就嫁了，好歹都得混过一生。这山看着那山高，如果你去问今天的大学生，异口同声，恐怕都会赞成过去的包办。包办多好，省多大的心，少烦多大的神，现如今自由有了，工作不好找了。

话说我当年被分配到南京市人事局，不去不知道，一去吓一跳。我一心想去高校，市人事局根本管不了高校。有人就出主意，问认识不认识人事局的同志，做人不能傻心眼，这事必须找熟人。可是熟人在哪呢，多少年后，我才知道有个玩得很不错的哥们，父亲是人事局老局长。那年头大学生，多少还会冒傻气，对自己的工作，心里有种种想法，也不好意思对别人说，尤其是对领导去说，仿佛待字闺中的大姑娘，春心虽然荡漾，咚咚乱跳，却不得不做出端庄模样。

正苦恼中，好事从天而降，朋友的朋友写了张很神秘的纸条过来，说人事局长看到了我的档案，很想知道我的打算，请速去局里定夺。我一下子感觉特别好，局长亲自过问一个大学毕业生想去哪里，这待遇也太高了。

2010 年 8 月 9 日

跟人事局长见面

大学毕业的时候，我的档案被分配到南京市人事局。这是当年分配常有的事，通常不是把你分到某单位，而是先分到某城市。具体的说法就是，张三分重庆去了，李四分甘肃去了。

档案已到市人事局，才知道着急。有一种传言，说我们都要留在市委机关，天将降大任于吾辈，经过“文革”十年，党政要害部门急需一批年轻有为的大学生。这传言让人感到烦恼，我可不想去机关，那年头也没有公务员之说，当官光喊为人民服务，还看不出什么实惠。我本目光短浅，即使有心，也不是当官的料。

有朋友帮着热心联络，联络文联，联络《青春》杂志编辑部，联络广播电台，还有其他文化单位。我自己稀里糊涂，说担心，又不太担心，说不担心，又有些担心。就在这时候，收到一张纸条，朋友的朋友转过来的，说人事局的某局长很关心，仔细阅读了我的档案，让我速去面谈，定夺具体单位。

于是，于是趾高气扬地就去了。接下来的一幕很像拍电影，我大摇大摆地走进了人事局，指名道姓要见局长。接待人员如临大敌，毕恭毕敬迎进贵宾室，安排在大沙发上坐下，先泡上一杯茶，然后再去请局长。局长很快来了，一个非常英俊的中年男人，默默地看着我，问有什么事。

几乎立刻就觉得出了什么问题，我立刻结巴起来，说自己是来谈话的。局长很意外，莫名其妙，问谈什么话，谁让你来的。当时完全傻了眼，我甚至不知道朋友的朋友叫什么名字，也没跟他见过面，仅仅凭一张纸条，冒冒失失感觉良好地就来了。如果地上有个洞，肯定会一头钻进去，捏了捏大腿，很疼，我知道不是在做梦。自始至终局长都很严肃，我越来越紧张，一再强调事出有因，是因为有朋友说了，所以才会过来谈话。局长语重心长，说一个大学生，首先是要服从组织分配，党叫干什么就干什么，又问我叫什么名字，哪个大学的。

后来才明白怎么回事，局长与我同校毕业，很自然地关心一下校友，一份份档案接着看，看到我名字停了很长时间，或许看到祖父的名字，结果朋友的朋友产生误会，认定我乃局长熟人，自说自话写了纸条。局长为此很恼火，对他一顿痛斥，他是借调在人事局工作，很快就调离了，朋友因此怪我，说我太书呆子气，害得他的朋友丢了饭碗。

这事很让人内疚，我确实糊涂，朋友的朋友也书呆子气，凭什么在纸条上说得那么肯定，就仿佛局长要巴结我一样。

2010 年 8 月 10 日

当上了大学老师

一个人做出选择，往往要权衡利弊。大学毕业前，并不知道自己该干什么。年轻人的最大好处，就是对未来无所谓。毛主席他老人家说，世界是你们的，也是我们的，但是归根结底，还是你们的。大学刚刚毕业，自然是属于你们，现如今，我已步入了我们，早就是老同志了。

且说我在人事局碰了个大钉子，心情十分不畅，主要是丢人，自取其辱。朋友也责怪，既然不认识人，没那金刚钻，别揽瓷器活。你谁也不认识，老气横秋一本正经，跑去找局长，那是上世纪八十年代，搁今天，熊腰虎背的保安非把你当作闹事的，不抽你就算客气。

我和朋友都觉得过意不去，买了点东西，去见朋友的朋友，表示歉意。朋友的朋友于是又成了我的朋友，坚决不肯收礼物，说事过去就过去，局长骂也骂了，祸已闯了，丑也出了，以后大家吸取教训，不能再如此冒失，都是刚毕业的大学生，都没社会经验。

在人事局，局长曾让我说说自己想法，我说本来想去高校，可是听说你们这管不了高校，只好作罢。既然不进高校，去哪都无所谓，事到如今，天生我材必有用，反正服从分配吧。我万念俱灰，怏怏地离开人事局，跟班上两个最要好的同学说起此事，他们就笑，说你这是口服心不服，是死猪不怕开水烫。

大学四年级是人生少有的快乐时光，学分拿满了，什么课也不用上，想干什么干什么，印象中只剩下两件事，一是写小说，乱写；一是打排球，乱打。有一天操场上正打得起劲，体育老师骑车走过，突然停下，推着车过来，问我们几年级了，一听说是四年级，摇摇头走了。他是校排球队的教练，也许觉得我们打得不错，培养一下还有前途，可惜马上要毕业了。

我那时候是二传，还有一位是很好的扣手，两人练球，一记记扣过来，一记记还回去，确实有些好看。我们也真肯用功，当然这种用功，其实就是贪玩。中文系专出老夫子，我们每天花很多时间打球，同学们很不屑，玩物丧志，打球耗时间，哪能这么上大学呢。

这位扣手后来成了屡获金鸡奖提名的电影导演，是我最要好的两位同学之一。有一天正打着球，他突然说本市新创办的大学需要老师，如果你愿意去，我爹可以帮着打招呼，你想想好，去不去。他爹是某领导的领导，很困难的事一点都不困难，一个电话搞定，我因此心想事成，当上了大学老师。当然，这大学归市里领导，是第一所归本市管辖的高校。

2010年8月11日

中学加衙门

曾经工作过的大学，原先是所中学，“文革”中迁走了，很破的一大宅子，显然是个大户人家。那段时间正在阅读张爱玲，忍不住会想，小说中那些疯疯癫癫的人物，就应该出生在这破房子里。

想当老师的动机并不纯粹，我本不想做孩子王，也不适合为人师表，一门心思要进大学，看中的是大学之悠闲。有时候，悠闲是有所作为的基础，有点悠，有点闲，才能把事做好。进了中文专业，当家老先生介绍学校特点，开门见山五个字，“中学加衙门”。

老先生就是中学老师，不仅他，中文专业大多数人都是从中学调来的。我一点不觉得中学老师水平低，中学是个很大的江湖，藏龙卧虎。有位教古文的老头脾气很大，古文是真的好，我当时曾想拜他为师，正经八百地愿做弟子。不妨想一想，若能笔下生风，把之乎者也都写地道，这多有意思。

上世纪八十年代，说中学加衙门，多少还是调侃。过了这么多年，当年不算很起眼的学校，发扬光大，仅学生便一万七千人，已是很大的大学。中学习气或许没了，衙门的威风依旧。天下乌鸦一个颜色，现如今又有哪所大学不是官场，官场者，衙门也。

真对不住这所学校，当时的校长是位极有事业心的老人，是这学校的创办者，延安抗大出身，动辄要把艰苦奋斗挂在嘴上。他很有些故事，二十岁结婚，带着老婆孩子一起去了延安，据说这样去读书的绝无仅有。他每次训话，不忘说创业，让我们安心工作，要全力以赴，并宣布不允许考研究生。他总是说，我是个爱才的老家伙，你们都是人才，我不会放你们走。那时候，他已六十五岁，早过了退休年龄，是标准的发挥余热。

入校不久，心血来潮决定考研究生。当初一起逃学的同学被分到地质局，上了没几天班，便忍受不了枯燥的坐班，非要拉我一起考研。我说我们校长不让考，他就拍胸脯，说这个不难，他爹跟老校长是战友，不是一般交情。结果真的搞定了，老校长让我去他家，掏出钢笔，在申请考研报告上很认真地签了字，然后不无感伤，送我出门，说你害我失言了，天要下雨娘要嫁，你想走，我不应该拦你，不过，我舍不得你走，是真舍不得。

老校长给我留下了非常好的印象，大公无私能干实事，绝对热爱教育。想想真有意思，两位同学的父亲都是命中贵人，一位把我送进这学校，另一位又让我逃脱出去。好马不吃回头草，我一直担心会考不上，无脸面再见老校长。

2010年8月12日

我的两个学生

我不是个喜欢吹牛的人，偶尔也会胡说八道。攀龙鳞，附凤翼，野孩子冒认远家的阔亲戚，本是人间常情。譬如我过去就经常跟别人说，谁谁谁是我同学。

人总难免虚荣，吹牛不用本钱，说话需要谈资。有时候只是随口一说，自己并不当真，别人更不会当回事。有时候却会带来麻烦，譬如某一天有人找上门来，说一大通好话，又恭维小说，又夸奖散文，弄得你晕乎乎，然后话锋一转，希望我帮他跟某领导打招呼，有一即将腾出来的肥缺，很适合他去担当。

真应该掌嘴，某一次饭局上，确实曾说过某领导是我的同学。我哭笑不得，只能连声推脱，说自己和领导的交情很一般，开不了这个口。虽然老同学，其实很陌生，不过眼前这位更是真正的陌生，我甚至都不知道他姓甚名谁。一起吃过一顿饭，还是别人埋单，席间热情敷衍了几句，谁想到后来有这场戏。

像我这把年纪，像我这种学历，当官是正常，不当官才是意外。自己没捞上一官半职，还要趋炎附势，拿同学说事，应该面壁悔过才对。有了这教训，我倚老卖老，常要卖弄的不再是同学，而是学生。我当过一年大学老师，这不是什么了不得的资本，可是有过两个很有出息的学生，拿出来足以让人眼睛一亮。

这两个学生都是高官的大秘书，说学生，还有些水分。我只是当了班主任，做学生的老妈子，管管日常生活，也没正经八百地教过。政治学习，给他们放录音带，春游带他们去过一次琅琊山醉翁亭。已是大学生，还是把他们当小孩看，快放假了，班主任照例训次话，我无话可训，板着脸说废话，说放假好好玩玩，怎么玩都行，别闯祸，别让我去派出所领人。

要说这两个学生可都是好孩子，听话，胆子小，其中之一，还是我亲手选定的班长。大学毕业，进了政府大院，从小秘书开始干，人老实，又肯干活，很受上司喜欢。学中文出身，不是跑腿，就是舞文弄墨，记得毕业不久，有一次遇到其中一位，问最近忙什么，回答说正在写材料。

再后来就有变化，提干，升官，权力渐渐大了，同学都以他们为荣，当老师的也跟着脸上沾光。学而优则仕，当官是最大的出息，然而结局预想不到，若干年后，这两个人一个自杀，一个判刑，让我感慨不已。都说做官也高危，我一直不太相信，为什么心目中的好学生，最后落到了这么一步。

据说腐败者中最容易出事的，往往是好孩子，因为坏得还不够彻底。

2010年7月25日

古典文学的浑水

总觉得不可能把两件事做好，一是写字，一是古文，看上去都不难，要做好太不容易。写字是指毛笔字，临过一阵《勤礼碑》，抄过几天《张迁碑》，暗无天日彻底绝望。有一段时候，非常迷恋八股文，心向往之想学着写，也只是幻想而已。

考研究生完全是陪公子读书，因为根本就不想考。现在回想起来，有时候我还真是个很讲义气的家伙。哥们愁眉苦脸，逼着我一起考，理由是两人一起受罪，痛苦可以减去不少。说好考同一个专业，考同一个导师，考上就读，考不上拉倒。万一只能录取一个，那就赌运气吧。

态度真是不够端正，我们选择了现代文学，理由是这个看上去好玩。稀里糊涂报了名，回家一看资料，导师是副教授，不能授学位，于是立刻反悔，立刻去改填志愿，改考古典文学。要说知识，我们的现代文学基础一点都不比古典文学强，可是选择了古典，更像是书呆子。我们志向不高，就想混个硕士头衔，与某些官员一样，有个学位就行。

如果真读了古代文学研究生，对自己的未来，也不会有什么太大影响。我是一个写小说的，犯不着去读那么多的书。再说了，对于我们这些从“文革”中过来的年轻人，读研与考大学完全不一样，考大学是从一名小工人变为大学生，许多关系都彻底改变。师傅领进门，修行在个人，进了大学，学不好，原因全在自己，与老师已没有多大关系。学什么，只是个研究方向，很显然，无论现代或者古典，我都是半途而废，没有学成。

事实上，我对古典文学的兴趣，远远地高于现代，唐诗、宋词、明清小品文，都曾短暂地入过迷。古典文学的浑水更深，水深则鱼大，古典文学的山峰更高，峰高回旋余地也更广阔。不像现代文学，从1919年到1949年，短短三十年，而且是没啥货色的三十年，基本上是螺蛳壳里做道场。

就在铁了心备考古典文学的时候，一位留校的同学给我们打来电话，说读现代文学也能拿到学位，因为根据规定，导师没有授衔资格，可以由本专业的其他老先生代为授。于是我们稀里糊涂又去改填志愿，重新报名，又改成了现代文学。

最后，古典文学的浑水没有蹚成，这是一想到就有些后悔的往事。虽然考什么都是考，读什么都是读，然而就像买股票一样，把三年的功夫花在古典文学上，显然效益要更好一些。李白，杜甫，苏东坡，还有屈原大夫，这是多大的牛人呀，鲁郭茅，巴老曹，差远了。

2010年8月20日

程门未曾立雪

过去的中文系讲实力，通常标榜和卖弄老先生。中文系仿佛出土文物，越老越值钱，越老越不朽。三十年前，我在中文系读书，陈中凡老先生还在，他是一级教授，此一级非同小可，与今天的“国家一级”，绝对不可同日而语。

不过人太老了，只能是个摆设。大学四年，见陈先生的唯一一次，是在火葬场，我们眼见要毕业，去向老人家的遗体告别。老先生是镇系之宝，那一年已是九五至尊，这样的老先生还在，年轻的老先生就不得不谦虚一点。

我们读书时，程千帆先生是三级教授。北京师范大学的启功先生更惨，副教授。那时候学生毕业，跑去讨一幅字纪念，不仅不冒昧，反倒很有些看得起的赏脸。记得第一次听程千帆讲课，说中国古代文人和妓女，常常与爱情有关，因为封建包办婚姻，男子不能自主选妻，只能“十年一觉扬州梦”，到烟花场所去寻找知音。

于是觉得程先生课好玩，当时的读书原则，是课都要逃，我们却屁颠颠地去旁听他给研究生说唐诗。没有学分，完全是蹭课，白上。所谓我们，也就是我和那位铁哥们，这家伙是个晚上不睡觉的主，打起精神去听课已很不容易，听着听着，打起了哈欠，一而再再而三，不断捂嘴。程先生看了，突然愤怒，说我七十多岁了，还站在这给你们上课，你要睡觉，回家睡去。

最终没去考古典文学，或许与程先生的这一断然呵斥有点关系，要知道我们当年不知天高地厚，也牛得很。我那哥们虽然不至于就此结梁子，很没面子却是事实。老先生发脾气，他的弟子就对我们翻白眼，教室里没几个人，让我们非常难堪。名不正言不顺，本科生去蹭研究生的课，本来就有些僭越，太不知趣。

有一年和作家格非聊天，问当年为什么不报考程千帆的研究生，跟他后面读书多有意思，又说现如今程门弟子非常厉害，把持了古典文学的很多要害部门。格非是博士，又是清华大学中文系主任，他说厉害，自然是真厉害。与我一样，格非也是现代文学出身，对本门学问敬而远之。毫无疑问，我们都更喜欢古典，都为最终不能向古代致敬而遗憾。

当年如果报考古典文学，或许也能考中。首先三门课完全一样，其他三门，虽然不太好，也未必很差。这一年共招十五个研究生，三个专业各五人。现代文学最多，一百多人报考，莫名其妙火热。都说近水楼台，本校考生难免沾光，这一级有四位出身南大，居然全在我们这专业。

2010年8月25日

理想中的中文系

一直为中文系出身感到自卑，这自卑由来已久。钱锺书《围城》中的人物就说过，工科看不起理科，理科看不起文科，文科中外语系看不起中文系，中文系看不起历史系，历史系看不起社会系，社会系看不起教育系，教育系没有人让它看不起，只好看不起自己的老师。

这是在新中国成立前，在万恶的旧社会，现如今，说工科看不起理科，一定会有人和你急，立刻群起拍砖，打你一个鼻青脸肿。当然，理科还是看不起文科，外语还是看不起中文，学生还是看不起老师，学中文的怎么看别人，怎么被别人看，这个就很难形容。

20世纪70年代末，南京大学中文系是当仁不让的文科老大，不仅教授众多，而且还有一级教授。经济系只有一个副教授，法律系干脆不存在。很快人家混阔了，过了没几年，成了能挣大钱的热门，经济系成了商学院，法律系成了法学院。中文系憋了很久，未能免俗，终于也改名文学院。城头变幻大王旗，换汤不换药，这学院其实还是那“系”。

我觉得中文系不厉害的重要原因，是没自己的绝活，过多与文学搅拌在一起。中文系本名“汉语言文学系”，当年拿到的录取通知，上面清清楚楚这么写着，在中文系读书，说白了是和汉字打交道，几年混下来，你必须得混些别人不会的看家本领。

譬如写一手漂亮的毛笔字，能吟唐诗，能唱昆曲，能识他人不知道的生僻怪字，能之乎者也来个八股。往俗里说，中文系不妨像戏班子，生旦净丑都拜个师傅，都下功夫训练，传统的许多旧玩意，不这样学不会，不这样弄不明白。往雅里吹嘘，就叫国学院好了，或者孔子学院，把五四时期反对过的那些老掉牙，统统搬出来琢磨和研究。

中文系学生仿佛修行的出家人，穿长衫，披汉服，诵经念佛应是分内之事。中文系就是文化遗产，学生变成书呆子，最正常不过，这是因果报应。我坚决反对全民复古，反对小孩子学三字经，背唐诗宋词。旧的就是旧的，就该合理淘汰，念念不忘传统，动辄全民如何如何，这是挟己之长，攻他人之短，逼着大家都去当和尚。你可以不吃肉，不该让别人都茹素。

眼下让人感到的尴尬，是中文系光剩个嘴皮子，别说四书五经，有时候一篇小文章都写不通。外语系学生能和洋人对骂，学医能给人开刀，学物理化学的说不定就去制造导弹。学中文能干什么，去当秘书？如果鄙人当官，这半吊子的学生我才不要呢。

2010 年 8 月 28 日

命中注定的前程

我们这一代人，都是读老人家的《为人民服务》长大，思想觉悟很高，基本上没什么野心。干啥都是革命工作，都是为人民服务。要做人，首先要做个普通人，有了这样的觉悟，照例不太会喜欢那些励志的教诲。所谓励志，说白了，就是要不一般，要有出息，要出人头地，要做人上之人。用过去的标准，这可是资产阶级的思想。

成功人士写回忆录，常会告诉我们一些莫名其妙的童年理想。通常情况下，这些理想都是假想，是一些用来吹牛的段子，说着玩玩可以，千万不要太当真。奥巴马从小就爱吹牛，他喜欢告诉别人自己是位神秘的非洲王子，而普京面对《我的理想》这个作文题，竟然说他长大了要当间谍。

一个人最后会怎么样，其实说不清楚。我们没办法预测自己的前程，或文或武或官或商，踩准了节奏，平步青云，走错了庙门，一生坎坷。大丈夫马革裹尸还，幸运者将军元帅，倒霉的轻易丢了性命。

牛人总是有不一样的地方，以前辈为例子，或许家里有钱，想读什么大学，就读什么大学，想学什么专业，就学什么专业。譬如诗人徐志摩，念过上海的沪江大学、天津的北洋大学、北京的北京大学，都是半调子，念了没几天就换，然后去美国学历史、学经济，再去大英帝国学政治经济学，花了无数银子，结果还是不务正业，当时髦的诗人，靠教外语混日子。

又譬如无锡钱家的两位怪才，钱锺书和钱伟长，理科差得不像话，一个数学考了十几分，一个国文考了满分，都被清华破格录取。钱锺书进外语系，钱伟长进历史系，结果仍然不务正业，学外语没去好好研究外国文学，成了中国古典文学方面的顶级权威，学历史的干脆成了物理学家，成了中国近代“力学之父”。

古典文学研究有很大成就的程千帆，少年时的志向是当名化学家，他读的是金陵大学附中，按常理，附中毕业可以直升金陵大学，然而注册登记时，却发现读化学系，要缴一百多块钱。恰恰是这一百多块大洋，把程给难住了，因为他爹刚失业，家庭经济正处于困难阶段。结果他“遍查各系交费情况，发现中文系只要化学系的一半”，临时改主意，匆匆进了中文系，从此“走上了一条完全不同的道路”。

当然，学什么专业与前程未必就有关系，大家都知道，鲁迅和郭沫若，原本都是学医的。

2010 年 9 月 15 日

写作是一种修炼

创作谈是一种让人不寒而栗的东西。十七年前，我的第一篇小说变成铅字以后，祖父就警告过我，写作可以，但是千万别发表什么创作谈。每当我不得不勉强谈一谈创作的时候，都有一种有违祖训的恐慌。其实创作谈是免不了的，我的祖父坚决反对谈，自己仍然有一本厚厚的《论创作》。

毋庸置疑，就算是虚构小说，也是一种变相的创作谈。人们总是绕着弯子谈创作，有时装腔作势、盛气凌人，有时心怀叵测，小心翼翼。就世界文学而言，时至今日，提出什么样的创作口号，都吓唬不了人。见多不怪，一惊一乍的，仅仅是那些少见多怪者。口号与货色向来是两回事。“五四”那一代作家，关于创作有一句最著名的口号，就是“小说要为人生”。为人生而写作，充满了一种见义勇为的献身精神，也是前辈作家至今仍被我们敬重的根本原因。可惜“五四”文学尽管轰轰烈烈，从来没有达到应有的高度，成也口号，败也口号，大家都想当教师，都想惊醒别人，结果忘记了学生其实根本就不爱听，忘记了自己其实还应该做学生。

小说必须为了人生，不问苍生问鬼神，这是小说家的歧途。然而有道学气的作家，事实证明不可能成为一个彻头彻尾的好作家。事情永远是矛盾着的，千里不同风，百里不同俗。写小说势必要文以载道，往大里说，作家多少得有些终极关怀。同时，作家又不可能不诗言志，往小里说，文如其人，什么样的人，写什么样的东西。古人说到载道和言志，与今天通常的解释有很大区别。古人说的文，是大散文，是《古文观止》里收的那些经典文章，这类文章要载道天经地义。而诗是文余，虽然在唐朝不考八股文，诗写好了也能做官，但是提到李白和杜甫，也就立刻会明白做官和写诗，毕竟两回事。诗没有文那么大的牛皮，所以就只配言些志。

小说究竟是接近古人所说的文，还是接近于诗，答案显然是后一个。对于古人来说，文和诗，不是一个东西。诗也可以载道，就好比文同样可以言志，区别只是侧重点不同。道和志并不像我们所想象的那样截然对立，它们之间并不是什么仇家。小说不同于文，也不同于诗，可以载道，更可以言志，一心想着载道，难免说教，结果常常寄希望别人怎么样，忘记了自己的修炼。一言想着言志，让心灵的声音直截了当流露出来，弄不好却是自言自语，陷入了个人情感的小怪圈子。

我们今天面临的尴尬，是左右为难，许多人习惯在小说中寻找“道”的标签。有了道，便可以发挥做文章。有人把对新闻报道和报告文学的要求，强加到了小说家的头上，并因此简单地考察作者是否有责任心。小说家不应该满纸道学气，小说为人生，并不是让小说家扮演救世主。小说家不应该有那种精神领袖的欲望，按照我的傻想法，失去了平常心的人，当不好小说家。小说既是一门综合艺术，更是独立的文本。小说不应该成为哲学或历史学著作的附庸，小说应该以自己的嗓门说话。事实上，小说只对那些喜欢写，或者喜欢看小说的人起作用，对小说有过高的奢望，是枉费心机。

写作也是一种修炼，言为心声，心灵深处的声音，不一定都是好东西。人得修炼，而写作是修炼的方法之一。

阅读是一种生活方式

早年读中学的时候，绝对不会想到读书有什么用处。那年头上学，就跟闹着玩似的。大家都觉得读书无用，反正也没有大学可考，读不读书都一样，混到中学毕业，不下乡当知青就是抽到上上签，但是显然，这个读书是指读教科书，如果有幸不用教科书也是件“赏心悦目”的好事。事实上，我们都是很快乐地享受了这种不用认真上课来应付考试的日子。

好在我们家还有许多藏书，无聊才读书，没事看小说。高中毕业后当工人时，闲了没事可做，我充分地享受到了课本之外的读书乐趣。尤其是高中毕业后的一段时间，那是我一生中最悠闲的一个阶段，是真正的无所事事。待业了一年，这一年实际上是当祖父的生活秘书，照顾老人家，听他聊天，陪他去看他的朋友，在他的身边胡乱翻书。我看了不少世界名著，也看了一些现代派诗人的诗，在不知不觉中，对阅读产生了浓厚的兴趣，这种爱好一直保持到今天。

一个人的阅读，很可能是即兴的。一本书吸引读者总有原因，或者文字饱含趣味，或者故事情节生动，或者思想散发出火花。有时候，看上去不该吸引人，但完全可能一些别的元素，突然让你爱不释手。譬如我最近看到的民国时期国都设计技术委员会办事处编的一本厚厚的《首都计划》，便无端地有些喜欢，而喜欢的原因仅仅是因为它的技术含量。用技术含量来形容一本书，有些奇怪和不负责任，可惜我找不到更适合的词汇。再譬如我看到的美国女作家塔奇蔓创作的《八月炮火》，她对第一次世界大战的开局，做了非常精彩的描述，又有很好的历史深度，让人掩卷叹息，欲罢不能。附带说一句，这本书是芦苇兄推荐的。

我的阅读兴趣一向很杂，想到什么读什么。天下从来没什么一定要读的书。我习惯于随手抽下一本书，无论哪个行业，无论是讲什么故事，都可能津津有味地读下去。如果觉得无聊，我会立即放弃。不想读它，为什么非要硬读。在阅读方面我是个“杂食动物”，是个机会主义者，有人认为读书必须要从书中汲取所谓“营养”，要读就得事半功倍，一定要获得人生教益或启示，说老实话，我从内心深处排斥这种带着明显功利目的的阅读。读书就应该像吃喝拉撒睡一样轻松随意，应该是日常生活的一部分。

读书其实是一种生活方式。多读书不是什么坏事，也未必就一定是好事。多读书可能变成书呆子，当然也可能帮助你更好地了悟人生，触类旁通。经常听到有人说“听君一席话，胜读十年书”，实际上，这是个似是而非的比喻，因为前后两句话是不可能分开来的，它们之间互为因果。如果没有之前的十年苦读，没有阅读的积累，也就不可能有聆听别人一席话的大彻大悟。好货不便宜，天上不会掉馅饼下来。我一向不赞成为人推荐什么必读书，推荐必读书其实是鼓励人在阅读上偷懒，鼓励读书的投机取巧。

我总是忍不住向别人推荐自己正在读的书，好事用不着一个人偷着乐，奇文共欣赏，疑义相与析。又譬如我刚读过这本《首都计划》，虽然是新出版，但却是老掉了牙。这是一本已快八十年的城市规划，它反射出了特殊的历史信息，陈旧而不缺乏新意。八十年前的南京破烂不堪，国民政府定都以后，聘请了国内外第一流专业人员，在最短时间内制定了这部《首都计划》。尽管时间仓促，但这个计划的精细科学，用今天的眼光去看，仍然足以让八十年后的读者震惊。它不仅立刻让南京受惠，而且吃足了老本。过去的很多年，谈到城市规划，谈到绿化和公共设施，大家都羡慕南京。它的基本思路，宏观上采纳欧美规划模式，微观上采用中国传统风格，直接影响了当时以及后来的城市规划设计。

2007 年 4 月 1 日

想当官

女作家张爱玲写文章，矛头所指，大都是旧社会的人和事，记得她有一篇文章，说在路上看见警察恃强凌弱，欺负拉车的，顿时产生一个念头，这就是自己如果嫁了一个市长，便可以理直气壮跳出来，打抱不平，恶狠狠训斥那警察。想象书呆子兮兮的张爱玲，煞有介事，大摆市长太太威风，一定很有趣。

想当官一直是我最没出息的活思想。说自己官迷心窍，有些夸张，说没当上官不无遗憾，是抵赖不了的事实。有时候有些不顺眼，不至于侈想自己是市长丈夫，便如何如何，但是却衷心希望能狐假虎威，有个好朋友当了市长。我对于当官的人，有一种天生的尊敬。大学毕业以后，见到老同学，总是很俗气地打听，他的官已做到几品，其他同学官场怎么得意。我始终想不明白，有个一官半职，会有什么不好。

当官可不是件容易的事，很多人自己没当过官，吃不到葡萄就喊酸，跟着古人假清高。我读的是最没出息的中文系，学校里开运动会，中文系的小夫子们老是垫底。大学毕业那一年，正是社会上需要人才之际，很多人分到机关里去当秘书，一个个挺伤心委屈，觉得大学里武装的那点文化，去了机关也没有用武之地。居然会有那么多的机关，什么水产局、水利局、水文局、物资局、供销总社，浩浩荡荡，琳琅满目，很多单位过去从未听说。一个最要好的同学分到地质局，一去就列席党组会，他还不是党员，结果由于工作需要，上级领导和他第一次谈话，就是让他赶快打入党报告。

读中学的时候，正好是“文化大革命”，那时候写作文，动辄就是批判稿，一会批读书无用，一会又批读书做官，弄得学生头昏脑涨，搞不清读了书，究竟为什么。现在想想，读书无用应该批判，因为读书好歹还是有些用，说无用只是危言耸听，是得便宜卖乖。事实证明，如今高学历者，要比没文凭的人，日子相对好过得多，难怪那么多的呆子仍然想往大学里钻。读书做官惨被批判，更是毫无道理。读书不做官，难道让不读书的去做官？古人云，学而优则仕。书读好，去做官，这是正途。书读好的人不做官，这官便都让那些不读书的人做了去。

我们这届大学生，被戏称为新三届，即恢复高考后的最初三届。这是个青黄不接的好时机。此时涉足官场，好比买了原始的绩优股，只要肯干，只要听话，实在是有机可乘，有利可图。想当初大学毕业，那些考上研究生，或者留校当教师的同学，神气十足让人眼红。时过境迁，三十年河东，三十年河西，当年伤心委屈做秘书的，已经纷纷小媳妇熬成了婆，最不济的也是个副处长，上馆子可以签单，会朋友有小车坐，连咳嗽的声音都有些异样。

老同学相见，当官的喜欢说做官没意思，没当上官的，听了心里便不是滋味。躺着的人，不会想到站着的腰疼。我曾赤裸裸表达了自己想当官的愿望，一位官已经做得很大的老同学说：“别说戏话，当作家多好，自由，像你这么吊儿郎当，怎么当官！”

想发财

想发财是个大而无当的念头。这念头常让人明白，自己其实很不崇高。收了一大堆兑奖的明信片，报纸上登了中奖号码，明知自己手气不好，忍不住还要厚着脸皮，一张张去核对。大奖不指望，中奖也不想，小奖是二分之一的概率，总以为会有几张，结果竟然一张也没有。一张没有也真不容易，兑奖前曾想，如此厚厚的一叠，既然二分之一的中奖率，单数或双数必有一得，料它也逃不出如来佛的手心。

从不指望在路上捡个钱包，小时候接受教育，是拾金不昧，马路边捡到一分钱，也要缴给警察叔叔。跌个跟头捡个钱包，对于我这样的，不叫发财，只是倒霉，因为跌跟头皮肉吃苦，捡了钱包却没用。起码名不正言不顺，是非法得到他人财物，弄不好要吃官司。我胆小，鬓角上已开始往外窜白头发，年轻的警察得喊我叔叔，捡了钱包，还是一定遵纪守法上缴。

多年来，一直为房子苦恼。研究生毕业，仿佛掐了头的苍蝇，去新单位，条件就一项，谁给房子，便去谁那里打工。好在那时候的研究生还有些行情，如此不要脸面的要价，居然不算唐突，不像今天研究生毕业，找工作，好比条件不好的大龄青年找对象，光着急也没用。不过，有房子栖身是一件事，有没有好房子，又是一件事。我住的地方，一年有五个月不见太阳，自然是在最需要阳光的冬天。先也不觉得，后来意识到不妥，身上各种毛病就来了。南方潮湿，阳光是个非常重要的玩意，于是就想，自己既然不能凭官衔分一套房子，只能靠发财买点阳光。可惜永远是心向往之，志大“财”疏，想炒股票，想炒国库券，买彩票，所有发财的念头，都是一闪而过，懒得往深里想。买阳光靠一个“想”字，离谱离得也太远了。

我常常被迫回答对作家下海的看法。对这个问题，我没有任何看法，记者紧盯不放，就难免言不由衷瞎说一气。至今也弄不清自己怎么说的，反正每次情之所至，信口开河，说的也不相同，说了跟没说一样。我从来没有想象过自己能够下海，按照我的傻念头，下海就是当老板，是当经商的官儿。下海是领导才能的又一种发挥。世界上的人可以简单分成两种，管人的，被人管的。也就是说，分当官的和不当官的。当老板和打工，都是为人民服务，我就坚信自己永远属于后一种人。

“帝王将相，宁有种乎。”这是古人的一种说教，是成功者的广告词。我倾向于认命，一个人首先得认识自己的命运，认识自己，才能把握自己。该干什么就干什么，调门低一些好。不知道自己是谁，忘了自己的身份，这是许多悲剧上演的根本原因。千万不要和自己过不去。识时务者为俊杰，人可以胡乱想，不想是蠢材；绝对不能胡乱做，乱做是呆子。天下除了圣人，谁都幻想发财，但是，如果都能发财，还成什么世界。身后有余忘缩手，眼前无路想回头。世界上许多人，都想发财，自己和别人想法差不多，说明不曾落伍，这很好。世界上许多人没发财，自己又和大家一样，尚未掉队，仍然很好。

想清高

想清高是一帖经济实惠的良药。当不了官，发不了财，退求其次，就只剩下清高。清高是人们要脸面的一种简单方式，来得容易，去得快。清高不要任何本钱，去买西瓜，小贩要价大洋一元，你喝一声五角，各不相让，这时候，小贩若清高，可以不卖给你，你喜欢要脸面，可以赌气不吃西瓜。谁都可以轻而易举地清高一回。

老话说无欲则刚，所谓刚，也就是清高的意思。世上的事，坏就坏在有欲望。有了欲望，因此蠢蠢欲动，不肯太平。我们说某某某贪污受贿，某某某中了美人计，都是欲望这玩意害的。男人的阳痿也是如此，真没了欲望，也就没有阳痿。欲望是可以燎原的星星之火，是推动人类历史发展的动力，有积极的一面，更有消极的一面。欲望总是和清高赌气。清高是一个充足了气的皮球，欲望的小针不停地在气球上扎着小孔。

我屡屡喜欢做出清高的样子。有时候感觉良好，胆子陡然就大了，自以为比写《桃花源记》的陶渊明还陶渊明，比《红楼梦》里的妙玉还妙玉。人常常忘乎所以，好在我太太火眼金睛，早看透了猴子的小把戏，动辄当头一盆冷水，弄得你十分狼狈，于是乖乖地想明白自己是谁，知道自己究竟有多大能耐。清高不要本钱，说白了，只是理论上的理论，只是荒诞的假设。事实上，没本钱清屁的高，真没本钱，什么话都别说，什么蒜都别装。我总是用受过的羞辱来惊醒自己。有一次，为一个亲戚调动工作，去见某一位领导，很小的一个领导，我笑容可掬地送了一本自己签了名的小说，领导看也不看，往旁边一扔，仍然板着脸说话。我大窘，立刻觉得自己矮了一大截，俯首帖耳地听着，憋了一肚子火，回了家才敢生气。

清高清高，首先能清，才谈得上高。水清则无鱼，人清如何，想不明白。不能清，就别想高。不能清就老老实实，本本分分，别丢人现眼，结果想高反而低了。物极必反，想得高，摔得重，世上只有敢不求人的人，才可以享受清高。要不然，也只能是想，想一想而已。人是一切社会关系的总和。人所以成为人，就是因为要和人打交道，打交道还想不求人，你以为自己是谁？

话又得赶快说回来，就和想当官发财一样，能不能，一回事；想不想，又是一回事。人活得已经够窝囊，要是连清高都不敢想，也太没出息。没有人因为胡思乱想，就吃了官司。清高毕竟没有被别人申请专利，起码目前为止，还是公共财产。反正想清高不会妨碍任何人，仿佛市场上的保健药品，未必有效，至少无害。凡事都别太计较，不以成败论英雄，真清高不行，不妨假清高，不能一直清高，不妨偶尔为之。人总不能太绝望，太虚无，看穿了清高的把戏，便索性不要脸。有点浪漫主义不是坏事，都说不要自欺欺人，其实就是自己骗了自己，又怎么样。人不可能因噎废食，知道还会摔跟头，就躺在地上永远不起来。我总觉得一个想清高的人，总比不想要好。现在做人，想要脸，未必要得了脸，不想要脸，那可就真没脸了。

想生气

我从小就是个乖孩子，乖，就是听话，好话坏话，什么话都听，都听得进去。说来很惭愧，四十不惑，回首往事，胆子之小，竟然没和别人打过架，甚至也没有几回敢真正地跟谁红脸。可数的几次吵架，也就是自家人斗嘴，嗓门是大的，大，也不过是为了壮胆，有理不在声高。女儿就知道我的弱点，对她嗓门越大，越不当回事。

很羡慕周围那些容易生气的人，直来直去，痛痛快快。想当初，我在出版社当小编辑，编一本社科类工具书，一百多万字，厚厚的两大册，一切从零开始，参与策划，组织人撰稿，改错别字，统一格式，前前后后忙了两年，年终计算成果，一分钱的奖金也没有。同样一位编辑，只是把一本薄薄的台湾三流小说，繁体字改成简体字出版，工作量是我的几十分之一，得到的奖励，竟然是我的许多倍。

我知道自己不是当编辑的料，况且为了奖金的事，斤斤计较，多少有些小人之嫌。凡事一挨着钱的边，就俗不可耐。窝囊就窝囊在心里面，会不高兴，自己要和自己算小账。更尴尬的，是你不痛快了，别人还趁火打劫，表扬你不在乎，表扬你肯默默无闻地奉献。

人倒霉，往往就在于吃了亏，还要让人调侃练嘴皮。有的人，永远占便宜，便宜占多了，就成了天经地义，占了便宜还要卖乖。吃亏的人永远吃亏，吃亏吃惯了，不吃亏，有人心里就不舒服，就奇怪。

终于改行当了作家，接二连三地发表小说，渐渐混了些俗名。连续得了些奖，出了一叠书，便又忘了自己是谁，小人的本性立刻显现了出来。私下里忍不住很猥琐地做比较，大家都写东西，在同一个创作组里混，别人可以当中青年专家，可以当跨世纪人才，可以是突出贡献，是政协或者别的什么委员，是人大或者别的什么代表，有这个津贴，那个奖赏，多则身兼数职，少也能轮上一二，偏偏我沦为异物，什么都不沾边。有时候想想也生气，掰手指头算算，树上这么多桃子，一人分两个都足够，为什么非要少我这一份。

吃亏的人，必须无话可说。如果说了，说明不潇洒，说明没器量，小肚鸡肠。我不怕领导批评，就怕领导无缘无故表扬。领导说你这人通情达理，遇事不在乎，好说话，能够体谅领导的苦心。说你拿了那么多稿费，还在乎什么津贴奖赏。说当委员当代表要开会，你又不喜欢发言。作家靠作品说话，你不需要那些头衔装饰自己。领导一表扬，我又忘乎所以，姿态顿时高起来，顺杆子往上爬，说自己确是不太在乎。话音刚落，领导就立刻批评提醒，说不可能不在乎。人总还是人，不可能都是雷锋。都喜欢说自己不在乎，可结果还是有些在乎。领导几句话，针针见血，我好比当众掉了裤子，无地自容，恨不能挖个地洞钻进去。想认错又怕领导说我虚伪，不认错这话就没办法继续。

糟践自己

春天快要结束的时候，天忽然热了，我的小学同学凑在一起，搞了一次声势浩大的聚会。多少年没见过面的同学，突然以一种熟悉而又陌生的面孔，重新面面相觑，说不出好奇地相聚在公园。在这重温旧梦的日子里，每人照例都要说几句话，轮到我，知道这人已经混成了作家，指定要多说几句。我结巴了半天，说："你们好好混，谁混阔了，我在报纸上写文章吹捧谁。"

我不知道自己为什么要这么胡说八道，当时确实就是这么说的，嘴稀里糊涂一张，就说了。如今一想到，就为说过的这话起鸡皮疙瘩。嘴常常是不听大脑使唤的，我究竟想向多年不见的小学同学说明什么呢，说明我们写文章的就这么不是东西，说明我们除了会拍马屁，什么正经事也干不了。

真是莫名其妙地在糟践自己，我从来没为什么混阔的人写过什么文章，今后也不会写。今后要写什么，是个说不清的话题，可是不写什么心里却明明白白。真正的作家是用血和汗在耕耘，而那些混阔的人和我有什么狗屁关系。我所倾心的对象是那些默默无闻的普通人，我所关心的是人类的简单的感情，是人类的普遍处境。我为那些喜欢我作品的读者写作，写作是我存在的方式和结局。

常常有人很认真地问我，你最好的小说是什么，我的回答都是没有最好的小说。挖苦自己的小说时绝不嘴软，我形容它们臭不可闻，说这篇小说和那篇小说不能看，说自己不过是为了拿几个稿费，过分地谦虚，过分地糟践自己，以至于叫那些想表扬我的人不知所措。

这些明显的谎言目的是什么呢，当然没任何目的，不过是信口说说而已。夸夸其谈的人实在见得太多，我害怕自己不知不觉就成为其中一员。我羞于说作家是一个崇高的职业，而且一直对崇高这个词表示怀疑。崇高已经被许多不崇高的事玷污，因此我不得不跟崇高保持相当的距离。不得不以警惕的姿态来面对崇高。和崇高相比，我更热爱平常这两个字。我知道我们现在正处于一个相对充分自由的时代，我们辛辛苦苦写出来的文字，已经很难再起到什么教育作用。无论我们怎么虔诚，我们事实上已当不了救世主，连传教的牧师也当不了。现代人有充分的自由可以拒绝我们，人们阮囊羞涩，把钱花在心甘情愿的刀口上，就算口袋有大把钞票，文学仍然只是精神漫游者的家园，物质从来不是那么轻易地就会变戏法似的成为精神。

于是会出现类似玩文学这样的词汇，既然一条路走不通，结果只好当起调酒师。我们仿佛把文学变成了一门手艺，我们谈论技巧，谈论文学的本义和终极，谈论这谈论那，言不由衷胡说一气，结果害得许多正直人士拍案而起。这骂是自己招来的，因为文学谁都知道是玩不起的，从事文学事业也不可能和调酒师是一回事。我们不想用文学传教，也不可能仅仅把文学变成纯粹的技巧。文学从来不是我们想怎么就会怎么，文学事实上远比我们想象中的伟大还要伟大得多。有些既老掉牙同时又是崭新的问题，也许不能不重新思索一下。我们究竟要用文学干什么呢？换句话说，超越了传教和技巧两大门派的第三种可能性是什么？

这第三种可能性正是我们的目的和追求。我们心里似乎明白，但是说不清楚。也许正是说不清楚，我们才会力图不断地用写小说来证明。我们的努力，只有通过小说才能体现。不断地努力比说什么漂亮话都更重要。今年夏天，在一次和文学青年的对话中，一个青年写了一张小纸条子给我，她说你不用回答什么问题，你挺好，真的顶好。我直到现在，都在为这张只有短短几句话的纸条所感动，这是一个读过我小说的人写的纸条，她明白作家和读者最好的对话，就是直接阅读他的作品。别太相信作家嘴里说的话，作家要是能把话都说清楚，他也就用不着再写小说了。作家总是有太多的话要说，他总是说不明白，因此唯有没完没了地写下去这条绝路。

一个读者写信给我，好几张信纸，有许多溢美之词，结尾一句话却让我陶醉，是感谢我对小说所做的努力。作家总是有虚荣心的，尽管嘴上喜欢糟践自己，不仅糟践自己，甚至糟践作家这个行当，可是他如果不喜欢小说，干吗呕心沥血地从事这一艰辛的工作。我热爱小说这门艺术，没办法用语言来表示对它的痴迷。我是个职业小说家，小说就是我的生命，没有了小说，我活着也没有任何意义。我的读者也是我生命的一部分，我感谢他们的阅读活动，感谢他们的理解甚至不理解。小说的意义就于作者和读者的共同努力，就在于通过文字的桥梁，走向我们共同的彼岸。

1994 年 9 月

欲望的尽头

欲望的尽头是什么，谁也说不清。欲望永远没有尽头，工资总是少一级，房间总是缺一间，人永远也不会满足。官最好再大一些，好运气最好再多一些，好了还要再好，这山看了那山高，没完没了。

我是个俗人，官不想当，当然暂时也没人硬让我当。稿费若能多拿一些，房间再多上一间，我肯定会龇牙咧嘴笑个不歇。尤其我住的房子，每年十月初告别太阳，直到第二年三月份才会重见阳光，若是能分到一个冬日里阳光灿烂的房子，真不知道会怎么感激。对于一个天天伏案工作的人来说，一冬天不见阳光实在忍无可忍。

忍无可忍其实还是有些夸张。我并不是想提倡阿Q的战术，不过，与我同年龄的人中间，的确还有许多人不如我。幸福常常是一种很外在的东西，它只有在不恰当的比较中，才能体验到。有一年，我们去参观刚暴发起来的农民小楼，那阔，那外表的装潢，真是公家配给省长的住房也不能与之相比。可是进屋粗粗一看，满地扔着破鞋子，是房间就安装了防盗门，在一架二十寸大彩电上，却放着一架九寸的黑白电视，我心里顿时就觉得不是滋味。

一个朋友被一位很大很大的领导召见，那领导在许许多多的谈话中，极随口说了一句，十年前，他拥有的还是一个十二寸的黑白电视。这是一场极具领导艺术的谈话，这次谈话以后，不用说是我的朋友，就连我这么一个局外人，听了朋友的转述以后，也跟着对那位大领导感到亲切。现在很多人买电视都捡最好的买，要买什么画王，要买那种大屏幕上带小屏幕的。想想就好笑，真正明白事理的人，有台电视就行了，看着清楚就足够。那么穷讲究干什么，电视台要是不播好节目，就是买到了画王的爷爷也没用。

欲望说穿了是不安于现状。在欲望的回光返照中，我们必然会什么都不满意。我们总是向最好看齐，结果对于最好的本义反倒模糊不清。有一个词语常常害人，这个词就是“一定”。天下本来就没什么一定，人活着，千万不要为一定所困。帝王将相，宁有种乎，我们却自欺欺人老要谈什么一定。我们一定要吃什么，一定要看什么，一定要得到什么，可结果呢。明白这道理就足够了，有些什么没吃过，没看过，没得到过，并没有什么大不了。欲望的尽头，往远里说，是死亡。往近里说，是不要相信有什么一定。

满足温饱

很多年前，我住在沿街的一间平房里，离一个繁忙的公共汽车站不远，夜深人静，急驰的公共汽车快进站，刹车声十分恐怖。听惯了便不觉得怎样，后来搬了家，久违了这种刺耳噪音，有一次出差，住在一家旅馆的二楼，楼下就是四岔路口，汽车到了便刹车，结果那呼啸的刹车声，竟害得我一晚上也没睡好。

不由想起某一天的下午，我正在窗下赶写硕士论文。那年月，下海做生意的风气刚疯起来，如火如荼，是人是鬼都想着赚钱。记得当时自己的想法非常原始和简单，就是赶快拿到学位，找一家住房条件好的单位养家糊口。突然有人轻轻敲我的玻璃窗，一个憨厚的乡下人，拿着一个硕大的搪瓷杯，笑容可掬地站在窗外向我讨水喝。讨了水之后，他猛喝了一气，又让我再给他将水加满，晃悠悠地端去给他的家人喝。这时候，我才发现，窗外一株小树边，歇着一辆板车，板车上有个看上去很文静的女人，还有两个孩子。

两个孩子中，大的那位不过五六岁，捧着搪瓷杯喝了几口，接下来是女人喝，女人喝完了，又喂怀中那位小的，小的似乎不渴，不肯喝，于是女人自己又喝。那男人知道我正望着他们，回过头来，冲着我笑。记不清我们是怎么攀谈起来的，反正我写腻了，正想找个人说话，那男人也闲着没事干，而且显然喜欢说自己的事情，逮住了便没完没了。

于是我知道他们是出来逃荒讨饭的，知道那个看上去很文静漂亮的女人，神经有点毛病。那男人在一次骗局中，和女人结了婚，订婚时，媒人做了手脚，他并不知道要娶的女人有病，结了婚再发现，已经晚了，结果只能将错就错。好在女人也不是频频犯病，好的时候，不过人迟钝了一些，不懂得照顾自己。看得出那男人对女人是真的好，他和我说话的时候，屡屡回过头去注视自己的妻子，目光中充满了爱怜。那是一种毫无掩饰的爱怜，那个女人平静地坐在那里，经过提醒，我看出她的确有些不正常。

她看上去就像是个大孩子。她怀里的小孩，突然撩开母亲的衣服，捧住了硕大的乳房吃奶，奶汁从他的嘴角溢了出来。那男人平静地告诉我，在家里实在过不下去了，把能卖的都卖了，出来闯闯。我感到惊奇的，是男人说这话时的表情，没有悲伤，没有沮丧，也没有抱怨，就像是在谈一件最平常不过的家事。一个人都到了讨饭的地步，竟然还能保持这样的自信，竟然还能这么从容。他说“出来闯闯”的口吻，就像那些想赚大钱的人准备下海一样。

那女人真是个傻女人，怀中的小孩吃完奶以后，连把自己的衣服放下来都不知道。男人和我说着话，转过身去，走到女人面前，替她把衣服拉好，又细声细气地问她要不要喝水，然后重新回来和我继续聊天。我们始终隔着一扇窗说话，说了不少时间，主要是那男人在说，我充满好奇地听。也许平时很少有人愿意听那男人唠叨，因此他说得很开心，很投入。他很乐意有我这样一个听众。

那男人终于推着板车远去了，我的眼前，有意无意地会重现这场景。念念不忘的，是那男人并没有被世人眼里的不幸所击倒。娶了一个精神失常的女人，加上两个什么都不懂的小孩，意味着这个人将终生与幸福无缘。那男人缺乏起码的理智，心甘情愿地背着沉重包袱，不是因为思想品德高尚，而是因为无可奈何。他想不出什么高招来，不知道把妻子送进疯人院，也不知道避孕以及堕胎。他顺应自然，只能听天由命。我无法想象那男人后来怎么样了，想了也是白想。傻女人遇到这样的男人实在是幸福，他没有抛弃傻女人，则意味着他并没有迷失自己。现代都市人的毛病常常就是，人们在满足和实现自己的时候，不知不觉地反而迷失了方向。我想问题的关键，是所谓的不幸也许根本就不存在，没有远大的生活目标，未必就一定是坏事。对于那个男人来说，满足温饱就足够了，温饱就是幸福，温饱就是人生。虽然只有一个傻妻子做伴，但是他比世界上很多人活得更充实，更纯粹。人是不大可能仅仅满足于温饱的，因此永远也免不了好高骛远，好高骛远的结局有时候并不太好。

散　步

记得上学时，最喜欢的就是体育课。无论中学还是大学，我的体育成绩都绝对理想。我一直不太明白，为什么有那么多人，练来练去，仍然达不了标。我从没有参加过什么专门的体育训练班，可是各个项目皆可。我曾是中文系的铅球和跳远冠军。每次开运动会，一人只能报两个项目，得第一名奖赏一条毛巾，加上集体项目另算的接力赛，我可以不太费劲地就得三条毛巾。

离开学校以后，很自然就变懒了。我做梦，常常梦到数学考试，梦到英语考试，从来不曾梦到体育考试。也许是体育考试对我来说太轻松的缘故。糊里糊涂便当了作家，整天坐在家里，闭门造车，压根没想到课堂之外，还有体育锻炼这回事。好端端的一个大活人，一本正经地跑步，或者去找旧时的同学打球，似乎带些不成熟的矫情。等到意识到身体有些问题，忙不迭地想到锻炼，却又好像来不及了。

我尝试过学太极拳，是杨式，是正宗的，不是那种简化太极拳。拳是学会了，却很难静下心来打拳。在打拳的时候，常常情不自禁想到正在写的小说，于是改成了散步。我的家离玄武湖公园很近，买一张通行证，天天进去绕湖走一圈，效果说不出的好。玄武湖公园是南京人的骄傲，首先是大，因为大，人总是少。尤其是散步的时间里，除了在公园锻炼的人，几乎见不到什么游客。可以沿着湖没完没了地走下去，也可以在树林乱转。不同的季节里开着不同的花，各式各样的鸟叽叽喳喳叫着，在这样的环境里散步，都忘了自己是在锻炼。我感到最奇怪的，是在散步时，从来都不想要写的小说。

散步让人感到彻底放松，一个小时，甚至两个小时，不知不觉，就过去了。散步时，脑子里一片空白，人机械地往前走着，心里感到说不出的舒畅。也许正是这种空白感，才使大脑真正得到了休息。这是一种最便宜的锻炼，只要是个人就会，和打太极拳相比，和那些叫得出的体育项目相比，散步是一种最原始的锻炼办法。有人曾建议我买一套健身器材，说到了种种好处，进口的买不起，可以买一套国产的。但是我相信不管什么样的健身器材，效果肯定不如散步。因为使用了健身器材，锻炼的功利性太强，一招一式都在想着是锻炼，效果一定大打折扣。对于脑力劳动者来说，尤其对于写小说的人，锻炼的功利性不可能没有，可是太多了就麻烦。我不能想象自己会和充满了金属气味的健身器材交上朋友。

生命在于运动，为锻炼而锻炼未必是件好事，举例来说，参加什么健美训练班，并不意味着就一定能把身体弄好。身体的好坏，不在是否添了些肌肉。运动中包含了一切哲理，锻炼的诀窍，其实就在坚持，就看能不能把运动变成生活的一部分。就个人而言，散步最适合我这种性格的人，简单、实用，没有任何规则。散步可以使人置身于大自然中，把人交给大自然，这就足够了。体育运动的终极目的，说穿了，也许还是为了让人更接近自然。

道法自然

几年前，曾经很认真地学过太极拳。我很笨，一起学的几个人，就我学得慢。太极拳一招一式，有许多讲究，在老师所讲的话中，印象最深的，是道法自然。

讲究自然不仅仅限于打拳，可以说每一个艺术领域，道法自然都是最高准则。我学打拳，除了接受能力缓慢，太紧张也是一个大毛病。老师看我打拳，在一旁提醒最多的，就是放松，放松，再放松。老师让我想象垂柳，柳枝垂下来，那是一种最自然的放松。人的肢体也应该这样，要沉肩坠肘，沉肩坠肘有利于含胸拔背的自然形成，只有含胸拔背，才能气沉丹田。

老实说，我的太极拳学得很不怎么样，事实上，连坚持天天打一遍都不太容易做到。然而一起学的几个人中间，矮子里挑高个，我又是学得最好，练得最勤，打得最多的。

打太极拳，真正要做到身体放松，还是比较容易的。难做到的是心理放松，绝大多数人学太极拳，都有很强的功利目的，这就是通过打太极拳，迅速达到强身效果。欲速则不达，人有了功利心，往往一事无成。我自己就是极好的例子，这些年来，也许是写作太辛苦，平时又不太注意保养身体，因此下决心学太极拳，唯一目的，就是让身体恢复过去的水平。

相比之下，学太极拳看似难，其实很容易。因为是学，一招一式都要琢磨，脑筋用在研究动作上，便产生了一种兴趣，兴趣往往超出功利。真正困难的是学会了打太极拳，如何几十年如一日，天天坚持操练下去。学会了太极拳，有很多莫名其妙的理由，使人不能持之以恒。

譬如身体感觉不错，这是典型的好了伤疤忘了疼。太极拳对人的身体状况有明显的调节改善作用，人一旦能吃能睡，立刻忘乎所以，早忘了应该每天坚持的太极拳。譬如短期内没什么效果，发现自己胃口不好了，睡眠也有问题，惊慌之余，匆匆恢复打拳。有时候，几天拳一打下来，感觉不错。有时候，却一点效果也没有，于是便放弃。

有的人始终坚信最新的什么功和什么操，喜新厌旧，总觉得最新式的就是最好的。有的人，什么功和操都不相信。有一段时间，我的身体特别不好，究竟是什么原因造成的，到现在也不明白。我的朋友们都觉得奇怪，因为他们根本不锻炼身体，身体也不见得怎么不好，我常常煞有介事地打太极拳，身体却糟糕成这样，因此都认为打太极拳毫无道理。甚至我自己也怀疑太极拳不是个好玩意。一位对气功十分入迷的朋友告诫我，我的古怪症状，很可能是打拳时走火入魔。他相信我是在打拳时，运气不得法，气走偏了。他的话，使我很长一段时间内，不敢再打太极拳。

事实上，我的身体不好，和打太极拳毫无关系。仔细想想，身体不好，也许恰恰是不能持之以恒打太极拳的缘故。人的身体好与坏，有着各种各样的原因，归结到是因为打拳打坏了，实在太荒谬。荒谬就荒谬在人总是以太强的功利心来评判是非。

我不能不想起太极拳老师最初教过的话，这就是要放松，真正的放松。不只是身体放松，而且要做到心理放松。无欲则刚，打拳的目的当然是为了强身健体，然而也必须意识到，并不只是仅仅为了这个。为强身未必真能强身，想健体也可能适得其反，这道理每个锻炼身体的人都必须明白。

也许只能这么想，如果不坚持锻炼，也许我们会更糟。

我们锻炼，不是为了更好，而是为了不要更糟。

后　记

过去许多天一直在编辑这套散文，南京的梅雨季节很难受，断断续续总是下雨，湿度太大，好像一伸手，用劲一拧，都能挤出水来。然而编书的日子十分愉快，辛苦并快乐，有点像秋天收获劳动成果。

居然写了那么多散文，这套书中的还只是其中小部分，有很多书版权没到期。我已经习惯被当作小说家，写散文一直很业余。二十多年前，出版第一本散文集《流浪之夜》，当时写了序，现在重新翻出来，同样意思似乎可以再表达一遍。

这是我的第一本散文集，写序的时候，情不自禁老要想起明朝张岱《夜航船》中一段话：

> 昔有一僧人，与一士子同宿夜航船。士子高谈阔论，僧畏慑，拳足而寝。僧人听其语有破绽，乃曰："请问相公，澹台灭明是一个人，两个人？"士子曰："是两个人。"僧曰："这等，尧舜是一个人，两个人？"士子曰："自然是一个人！"僧乃

笑曰：“这等说起来，且待小僧伸伸脚。”

我总觉得写散文难免做高谈阔论状，而其中破绽岂止一二。写文章的人，卖几个破绽出去，其实是件好事。因为即使好的散文家，也不应该光想着让读者“拳足而寝”。阅读应该是件愉快的事，能让读者会心一笑，伸伸腿，何乐不为。

中国散文的地位向来不低，好散文也比好小说多得多。当作家，有纯粹的散文家，譬如周作人，譬如丰子恺；写小说的就不敢，多少要弄些散文出来凑数，仿佛不出散文集就不能算文人。近来已出现了“小说家的散文”一词，但是小说家写散文，好比票友下海，毕竟旁门左道。

散文对于我，只是小说之余的一种消遣。写小说好比抽大烟，不写小说，散文便成了一支聊以解闷的香烟。散文和小说一样，都是心灵的声音。我不敢说自己的散文写得好，自谦的话已经说了许多，想说的，不过是告诉读者，我写散文的态度是认真的。好不好，水平问题，认真不认真，态度问题。

二十多年后，散文对我来说，不再是聊以解闷的香烟，是左手和右手，说不清楚哪只手更重要。不止一位读者说过，更喜欢我的随笔和散文，因此关于这套书，首先想说的一句广告词就是，专为喜欢我小说之外作品的读者定制。其次，特别想强调时间的重要性，此次编辑，为增补写作日期花费很大精力，许多文章已过时，因为篇尾的时间痕迹，又一次复活，又一次把我们拉回到当年岁月。年代太久远，部分文章的时间节点无法恢复，原汁原味打了些折扣，在此向读者表示抱歉。第三，五本书的主题大致分为“自传”“亲友”“见闻”“阅读”“杂感”，侧重点有所不同。

写作和阅读都是缘分，感谢能见到以上文字的读者。散文的要义是形散神不散，单篇文章如此，一本书一套书也应该这样。说话容易做事难，只能尽力而为。读者看出破绽，发现不当之处，不妨再次伸伸腿，敬请会心一笑。

2016 年 7 月 1 日清晨　河西

图书在版编目(CIP)数据

叶兆言散文精选. 唱情歌的季节 / 叶兆言著.—济南 ：山东人民出版社，2018.4

ISBN 978－7－209－11364－9

Ⅰ. ①叶… Ⅱ. ①叶… Ⅲ. ①散文集－中国－当代Ⅳ. ①I267

中国版本图书馆 CIP 数据核字(2018)第 047613 号

唱情歌的季节

叶兆言　著

主管部门　山东出版传媒股份有限公司
出版发行　山东人民出版社
社　　址　济南市英雄山路 165 号
邮　　编　250002
电　　话　总编室(0531)82098914
　　　　　市场部(0531)82098027
网　　址　http://www.sd－book.com.cn
印　　装　三河市华东印刷有限公司
经　　销　新华书店
规　　格　16 开(155mm×225mm)
印　　张　15
字　　数　190 千字
版　　次　2018 年 4 月第 1 版
印　　次　2018 年 4 月第 1 次
ISBN 978－7－209－11364－9
定　　价　38.00 元

唱情歌的季节

叶兆言 著

山东人民出版社·济南
国家一级出版社 全国百佳图书出版单位